初恋王子の波乱だらけの結婚生活

WAKI NAKURA
名倉和希

ILLUSTRATION 街子マドカ

CONTENTS

ディンズデール地方領に春がやってきた。

山から流れてきた雪解け水が川に集まり、畑を潤す。冬のあいだ畜舎で寒さをしのぐことを余儀なくされていた馬や牛たちが放牧され、太陽の下で昼寝をし、芽吹いたばかりのみずみずしい草を食(は)む。

領民たちは毎年恒例の「花祭り」に向けて準備をはじめた。

花の栽培を専門としている農家は人手を増やして忙しく働きはじめ、民家の庭先には春に咲く草木がつぼみをつける。春の花がいっせいに咲く時期に予定されている「花祭り」は、領民にとって厳しい冬を耐えたあとの喜びそのものだった。

「いかがですか、こちらの花柄もきれいです」

その日、領主の城に仕立て屋が来ていた。城下街に店を構える商人は、従業員を三人も連れて来ており、今年の新作生地(きじ)をつぎつぎと広げてみせる。出入りの商人に応対する専用の応接室は、まるで花畑のようになった。

「わあ、きれいですね」

フィンレイは感心して声を上げる。

「これなどはどうですか」

商人が生地の一枚をフィンレイの肩にあててみせた。あらかじめ運び入れてあった姿見に自分をうつす。大きな赤い花柄は一見、派手そうではあるが、花祭りに参加するのであればこのくらいの大胆な柄でないと目立たない。

「フィンレイ様の黒髪と黒い瞳に、よくお似合いです」

「そうですか？　でも昨年の花祭りも赤い花柄でした。似ていませんか？」

「でしたら、こちらの柄はどうでしょうか」

こんどは黄色い花柄の生地をフィンレイの顔の横に持ってくる。

「ああ、こちらもお似合いです。黒髪はどんな色も合いますね」

さすが長年、城下街で商売をしている商人だなと思うのは、こういうときだ。髪の色を褒(ほ)められて悪い気はしない。

ディンズデール地方領を含むフォルド王国の国民は、ほとんどが茶髪茶瞳(ちゃどう)だ。貴族と王族の中に、金髪や銀髪、緑瞳や碧眼が生まれるが、黒髪黒瞳はあまりいない。

フィンレイの色は、母方の祖母から引き継いだ。祖母は南方の国の生まれで、そちらに住む人々は黒髪黒瞳が多いらしい。王国の王都は北方に位置しており冬の寒さが厳しいため、南国の人々はあまりこちらに移り住まない。そのため黒髪黒瞳は珍しかった。

「どの生地も素晴らしくて、決めきれませんね」

困ったなとフィンレイがため息をつくと、商人は「大丈夫です、また日数に余裕がありますから」と微笑んだ。

「今年も領主様とお揃いで衣装を仕立てるのなら、領主様のお好みもあるでしょう。フレデリック様は金髪碧眼でいらっしゃいますし、実際にこうして生地をお顔にあてて選んでいただいた方がいいと思います」

「いまフレデリックは大切な会議中らしいので、すみません」

「いえいえ。領主様がお忙しいのは私もよくわかっております。本日お持ちした生地はこちらに預けていきますので、ぜひ領主様とご相談ください」

「ありがとう。そうします」

そのあとはフィンレイの採寸をした。サイズは昨年と変わっていなかった。とくに太ったり痩せたりはしていないからそうだろうとは思っていたが、フィンレイとしてはいささか残念だ。もう二十歳ではあるが、少しくらい身長が伸びているかもしれないと、淡い期待を抱いていたので。

立ち会っていた執事のギルモアが、仕立てに必要な詳しい日程を商人に聞いたあと、通用口へと見送りに行った。

ひとりきりになり、つい姿見に全身をうつしてまじまじと見つめてしまう。成人男性としては、ものすごく小柄というわけではないが、大柄ではない。ちょっと背の高い女性が踵(かかと)の高い靴を履けばおなじくらいになってしまう。

夫であるフレデリックは長身なので、フィンレイとは頭一つ分ほど差があった。そのうえ横幅もちがう。フレデリックはがっしりと肩幅が広く、胸板が厚い。手足もすらりと長くて見栄えがする体型をしている。まさにフィンレイが理想とする体なのだ。

「どうかなさいましたか」

戻ってきたギルモアに声をかけられて、拗ねた気分で振り返る。六十歳を過ぎても背筋をぴんと伸ばして立つギルモアは、フィンレイよりも背が高い。灰色の上着とズボンをびしりと着こなし、名家の執事としての矜持（きょうじ）を感じる立ち姿だ。いまは細身だが、若い頃はもっと筋肉がついて力仕事もこなしていたのではと思わせる、しっかりとした体格の持ち主だ。

「もう少し、逞しくなりたいなと思っているのだけど」

「フィンレイ様がですか？」

常に沈着冷静なギルモアらしくなく、声がひっくり返った。

「そんなに驚くことかな」

「失礼しました」

コホン、と空咳をして、ギルモアが「なぜそうお思いになられたのか、お聞きしてもよろしいですか」と尋ねてきた。

「なぜって……これでも男だから、もっと頼りがいのある外見になれたらなと考えたんだけど」

「フィンレイ様はもうじゅうぶん頼りがいがある存在になっております」

「そう？」

「みずからの危険を顧みず、旦那様の命を助けるために駆けつけることができる奥方様など、フィンレイ様以外にはいらっしゃいません」

ギルモアが大真面目な顔でそんなことを言うので、フィンレイは複雑な気分になる。

「それ、からかってる？」

「とんでもございません。尊敬しております。フィンレイ様は我々の自慢の奥方様です」

たしかに、一昨年と昨年、命を狙われたフレデリックのもとへ駆けつけ、フィンレイはその射撃の腕で助けることができた。

「それに、フィンレイ様はお心も強くて広いではありませんか」

「ん？」

「旦那様の暴言をあっさり許してしまわれるお心の広さには感服しました。しかしあれは、そう簡単に許してしまってはいけない類いのものだと、わたくしは思っております」

「……あの、それは、王都の屋敷でのことを言っているのかな？」

ギルモアの細い眉がきりりと吊り上がった。

「それ以外にもあったのですか」

「いやいや、ないよ、ない」

あわててフィンレイは否定した。

「あれはただの夫婦喧嘩だから」

フィンレイがそう言っても、ギルモアは頑なだ。

「一方的に旦那様がフィンレイ様に暴言を吐いたと聞いています」

「フレデリックからは、もう何度も謝罪を受けたんだ。忘れてほしいな」

「なかなか忘れられるものではございません」

あれからもう三カ月以上がたっている。当初、夫婦喧嘩の内容を伝え聞いた使用人たちはフレデリックに怒り、反発した。与えられた仕事をきちんとこなしはするがフレデリックに冷淡だったのだ。

それは傍から見ても明らかな態度で、フィンレイはギルモアと家政婦長のローリーに苦言を呈した。しかし、「一応は諫めておきます。けれど彼らも人間ですから、感情が表に出てしまうこともあります」と、使用人たちを擁護した。

当のフレデリックは、そんな使用人たちに腹を立てて解雇するようなことはせず、甘んじて罰を受けていた。

「あれは私が悪かった。彼らが怒るのは当然だ」

そんなふうに苦笑いして受け入れているフレデリックを、フィンレイは寛容で格好いいと惚れ直した。

フレデリックは以前にも増して政務に励み、家族も大切にしてくれるようになった。

フィンレイも必要以上に使用人たちの態度は気にしないようにした。そうしているうちに、なんとなく城の中の空気は和らいでいき、冬が去り、春の雪解けとともにフレデリックはみんなに許された雰囲気になったのだが――。

肝心の執事がまだ怒りを持続させていたとは。フレデリックがなにも言わないので、フィンレイは知らなかった。

「えーと、ギルモア、私はべつに心が広いわけではないよ。ただフレデリックが好きなだけ。二度とあんなことは言わないと誓ってくれたから、もういいんだ」

使用人とはいえギルモアはディンズデール家にとって大切な存在だ。わだかまりを持ち続けるのはよくないと思う。

「……たしかに、王都から戻られてからの旦那様はフィンレイ様に献身的で、領主としての務めも非常に真摯に取り組んでいらっしゃるようです」

「でしょう？　だからもう忘れて。ね？」

ギルモアは「はい」と頷き、ふっと口元を緩めた。その表情から、ギルモアがもうフレデリックを許しているのがわかる。

「なんだ、もうギルモアはそれほど怒っていないんだね」

「旦那様はじゅうぶん反省なさったようですから、そろそろわたくしも態度をあらためなければと思っています」

ホッとしてフィンレイも笑顔になる。

「でもギルモアに頼りがいがあるって言ってもらえて、嬉しかった。ありがとう」

「本当のことを言ったまでです」

「だから、ありがとう」

ふふふ、と笑ったところで、扉がコンコンと叩かれた。細く開かれ、顔を覗かせたのは双子の男児。ふわふわの茶髪と飴玉みたいなくるりとした茶瞳が可愛らしい。

「フィンレイ、もう、おはなしはおわった？」

「おわったなら、いっしょにおやつしよう？」

六歳になったジェイとキースは、ずいぶんと聞き分けがよくなった。フィンレイが仕立て屋と会っていると聞き、待っていたのだろう。扉を大きく開けると、双子の後ろにはナニーがいた。申し訳なさそうに頭を下げるので、大丈夫と頷いてみせる。

「いま終わったところだよ。今日はとてもいい天気だから、庭でお茶をしようか」

フィンレイの提案に、ジェイとキースが「わーい」と両手をあげて賛成する。双子はフィンレイの足にじゃれついて楽しそうに笑った。

「こらこら、そんなふうにしたら歩けないよ」

「だっこしてー」

「ぼくもー」

「二人いっぺんに抱っこは無理だよ。一人ずつね」

「いやー」

全力で甘えてくる双子が可愛くてならない。フィンレイがディンズデール家に嫁いだとき、二人はまだ四歳だった。あれから二年。すくすくと育ったジェイとキースのために年明けから専門の家庭教師を雇い入れ、勉強がはじまっている。いつまでも幼児ではないとわかっていても、可愛いものは可愛い。

まずジェイを抱き上げたら、すぐにキースが半泣きになった。「あらあら」とナニーがキースを抱っこする。けれどキースはフィンレイに向かって手を伸ばし、「だっこー」とぐずった。仕方がないのでジェイを下ろし、キースを抱っこする。するとこんどはジェイが泣きべそになる。

「ごめんね、一人ずつしか抱っこできないから」

それすら、いつまでできるかわからない。六歳になった男児はずっしりと重く感じる。近いうちに抱き上げることができなくなるだろう。体格がいいベテランのナニーの方が、軽々と抱き上げているように見えた。

キースを抱いたまま庭へ出たところで、「甘やかしすぎだよ、フィンレイ」と背後から声をかけられて振り向いた。

輝く金髪と碧い瞳の美丈夫が立っている。フィンレイの夫であり、このディンズデール地方領の領主、フレデリックだった。

「フレデリック、もう会議は終わったの？」

「終わったよ」

キースを地面に下ろし、朝食のあとダイニングルームで別れてから三刻ぶりの伴侶と軽くハグをする。毎日いっしょにいるのに、こうして不意に昼間に会えると嬉しいのは、心から愛しているからだ。

フィンレイの笑顔に応えるように、フレデリックも優しい笑顔になる。

「時間が空いた。ちょうどお茶の時間だと思って、来てみたんだ。正解だったな」

「どうぞ」

領主の城は広い庭を有している。美しく整備された庭はいくつかのエリアに分けられていて、子供たちが自由に遊べる中庭には、お茶の時間にぴったりの瀟洒な東屋があった。石作りのテーブルには白いクロスがかけられ、おなじ石でできている椅子にはクッションが敷かれている。

ジェイとキースを座らせ、使用人がお茶を運んできた。下がっていくときに、「ライアンに声をかけて、お茶に誘ってみてくれる？」と頼む。せっかくフレデリックもくわわったのだから、家族そろってお茶を飲みたいと思った。

するとすぐにライアンがやってきた。背筋を正して歩いてくるライアンは十一歳になった。フレデリックの姉の遺児で、このディンズデール家の後継者だ。もともと髪と瞳の色はフレデリックにそっくりの金髪と碧い瞳だったのだが、成長とともに顔立ちもフレデリックに似てきた。歩き方までそっくりだ。

ライアンは叔父(おじ)であるフレデリックを立派な領主として尊敬しているところがあるので、もしかして似せるように努めているのかもしれない。そういうところも含めて、可愛い子だと思う。

「勉強の邪魔をしちゃったかな?」

「いえ、一段落したところだったので、ちょうど休憩したいと思っていました」

微笑んでそんな大人びたことを言う。ライアンはフレデリックの隣に座った。並ぶとやっぱり似ている。

ジェイとキースの双子とおなじく、はじめてライアンに会ってから、もう二年たった。その頃からディンズデール家の後継者として気を張り、年齢よりも大人びていたけれど、もっと凛々(りり)しい少年に育った。

ライアンはこの秋に王都へ留学することが決まっている。本当は十二歳になる来年の九月から留学する予定だったのだが、一年早まった。国王の第十三王子ヒューバートの学友に選ばれ、王子の入学にあわせてライアンも留学することになったのだ。

期間は五年間の予定。成人の十六歳まで王立学院で学び、その後は領地に戻ってくることになっているが——卒業後どうするかは、本人しだいの部分が大きいという。

ディンズデール家の後継者といっても、ライアンが領主を継ぐのは何十年も先のこと。フレデリックが重い病に罹るか、不慮の事故で亡くなるかしないかぎり、少なくとも三十年ほどは先のことだろう。

フレデリックは前領主である父親が急な病で死去したために二十代で継いだが、そうしたことは稀だ。貴族の子弟たちは十六歳で学院を卒業しても、すぐ故郷に帰る者の方が少なく、大学院に進んで研究に励む者もいれば、王都内で職に就いて経験を積む者も多いらしい。二男、三男ならば、そのまま王都で結婚して戻らない者もいるという。

フレデリック自身も王立学院で数年間学んだが、卒業後すぐに領地に帰ったわけではないと聞いた。

ライアンが王都へ旅立つのは半年後だ。その後、ふたたび家族全員でテーブルを囲むことができるのは、いったい何年後になるのだろう。

もしかして十年、いや二十年？　たまには帰ってきてくれるのだろうか？

想像するだけでフィンレイは寂しい。

「フィンレイ、そんな目で、じっとライアンを見つめるものではないよ。ライアンが困っているだろう」

フレデリックに窘められ、フィンレイはハッとした。無意識のうちに、ライアンを潤んだ目で凝視していたようだ。苦笑いしながらライアンがお茶を飲んでいる。

「ごめん……」

俯くと、目尻に涙が溜まっているのがわかった。指先でそっと拭う。

フレデリックが席を立ち、フィンレイの横に移動してきた。優しく肩を抱き寄せられ、額にチュッとくちづけを落とされる。

「ライアンが旅立つ日のことを思うと、どうしようもなく寂しいのはわかる。私もおなじ気持ちだ。けれど留学はライアンの成長にとって必要なことだ。地方に住む貴族の子弟が通る道として、ごくあたりまえのことでもある。いまさらそんな説明をしなくてもフィンレイはわかっていると思うが」

「……わかっています。でも……」

ぐすっと洟をすると、お茶菓子に夢中になっていた双子が振り向いた。

「どうしたの、フィンレイ」

「ないてるの？」

とたんに心配そうな顔をして、手を伸ばしてくる。二人のまだ小さな手を握り、フィンレイは「ごめん、なんでもないよ」と泣きながら笑ってみせた。

「ほら、私たちにはジェイとキースもいる。まだまだ手がかかるこの子たちがいることだし、ライアンが留学したからといって暇になることはないと思うよ」

「そうですね……」

「それに、王都ははるかかなたにある未知の街ではない。天候にもよるが、馬車で六日から十日、早馬なら三日から五日で行ける場所だ。国の行事に出席するために、これからも出かける機会はあるだろう。そのときに会えるから」

はい、と頷く。ライアンがやや俯きかげんに、「僕も寂しいです」と呟いた。

「けれど、叔父上のように立派な領主になるためには、外の世界を知ることが必要です。王都の学院で、たくさん勉強をして、さまざまな経験を積んでこようと思っています」

ライアンがいささか硬い口調ながらも頼もしい決意表明をする。

まだ十一歳なのに、いまからそんなに頑張らなくていいと、フィンレイはどうしても思ってしまうのだった。

フィンレイは、大陸一の大国フォルド王国の国王ジェラルドの十二番目の王子として生まれた。

母親は平民だったため、フィンレイに王位継承権は与えられなかった。そのうえ王城の後宮ではなく、母親の実家で生まれ育った。王子でありながら市井(しせい)でのびのびと育てられたフィンレイの感覚は、ほぼ平民だ。

母方の祖父は王都を中心に手広く商売を展開している豪商で、フィンレイは幼いときからさまざまな職業の人と交流していた。近所の子供たちと普通に遊んだり、狩猟を生業としている山守の男に狩りと猟銃の扱い方を手解きしてもらったりもした。

そのため、国の公式行事のときだけ王城に呼び出され、何人もいる異母兄弟たちと並んで堅苦しい式典に参加するのは苦痛だった。

ところが十歳のとき、フィンレイは国の式典でフレデリックを見かけ、心を奪われた。

先の領主の急死により後を継いだ若き新領主は、素晴らしく堂々として凜々しく眩しいほどで――一目惚れだった。

ディンズデール地方領は、フォルド王国内にいくつか点在する自治領のひとつで、土地はよく富み、農作物は豊富で牛や馬もよく育つ。領民は心穏やかな性質のうえ勤労意欲が高く、王室を敬っている。毎年定められた税金を不足なく王国に納めたうえで、蓄財するほどの余裕があった。

品行方正なディンズデール家は国王のお気に入りだった。

二十代半ばで独身というフレデリックは独身女性たちの注目の的で、とてもではないがフィンレイが近づける隙はなかった。

その後は王城でフレデリックをときおり見かけることだけを楽しみに、フィンレイは国の行事に参加しつづけた。

噂好きの貴族たちの会話から、フレデリックは姉と弟の遺児を引き取って育てていること、甥たちの一番年かさの子をすでに後継者として国に申請したこと、降るようにある結婚話をすべて断っていることなど、彼の情報を集めた。

転機が訪れたのは十八歳のとき。

ある日、第一王子の王太子ウィルフから呼び出しがあった。

ウィルフは正妃の第一子で、すでに三十代半ば。異母兄とはいえ、満足に言葉を交わしたこともない別世界の存在だった。それなのにウィルフは親しげな笑顔で、フィンレイに「おまえとフレデリック・ディンズデールの結婚が決まった」と告げてきた。驚愕しながらも嬉しかった。

フォルド王国では、同性同士の結婚が許されている。とはいえ、ほとんどの結婚は異性同士で、同性の結婚はあらたな後継者が生まれるのを望まない場合が多かった。すでに後継ぎがいる貴族や商家である。ディンズデール家もそれに該当した。

フィンレイは喜んで輿入れした。ところが、フィンレイは歓迎されていなかった。王家からの結婚話を、フレデリックは断れなかっただけだったのだ。

昔からウィルフは優秀なフレデリックを一方的に嫌っており、フィンレイとの結婚は嫌がらせのひとつと思われた。

それでも少しずつ心の距離を縮めて、フィンレイとフレデリックは本当の夫婦になろうとした。

その後、ウィルフが人を雇ってフレデリックの暗殺を企て、それをフィンレイが得意の射撃で防ぐという事件が起こった。

事件のあらましを聞いた国王ジェラルドは激怒し、ウィルフを王都から追放した。王太子の座を失ったウィルフは、いまは僻地の離宮で家族とひっそり暮らしているという。

すぐに国王は第二王子アンドレアを新王太子と決めた。一番目の愛妾が産んだアンドレアは当時三十五歳。少年期から聡明だと評判の王子だったため、ウィルフが廃嫡されてよかったのではと囁く貴族たちがいるほど期待されていた。

しかし昨年の十一月、落馬事故により急死。つぎの王太子は、アンドレアの息子で国王の孫アーネストか、第三王子ディミトリアスか。

明言しないまま、国王は心労のため寝付いてしまった。

知らせを受けたフィンレイとフレデリックは、王太子の国葬に参列するために夫婦で王都へ出向いた。そこで新王太子にまつわる騒動に巻きこまれ、王都にあるディンズデール家の屋敷に一カ月以上も滞在することになった。貴族間の折衝のためにフレデリックは多忙を極め、二人は時間を共有できず、すれ違い続け、口論の末にフィンレイが屋敷を飛び出すという出来事があった。

その後、またもや命を狙われたフレデリックをフィンレイが救い、二人は夫婦の絆をさらに強固なものにすることができた。

それですべての面倒事は終わったと思っていたのだが——。

やっと領地に戻ってきた二人は、城の使用人たちに夫婦喧嘩を知られていることに驚いた。王都の屋敷はギルモアの甥であるギルバートが執事としてすべてを取り仕切っており、そこであった出来事が、手紙でギルモアとローリーに報告されていたのだ。

ギルモアをはじめ使用人たちは静かに怒っていて、フレデリックに冷たくあたった。それだけフィンレイがみんなに慕われていた証拠なのだが、端から見ていてフレデリックが不憫だった。

しかしそれも、春の訪れとともに治まってきて、フィンレイは一安心していた。

花があふれる花祭りが近づいてきたとはいえ、ディンズデール地方領の朝晩はまだ冷える。夜になると、フィンレイとフレデリックは抱き合って眠った。もう二度と心が離れそうになることなどないようにと願いながら。

◇

「今年も衣装を仕立てるなんて、少し贅沢ではないですか？」

「そのくらいの贅沢はしてもいいだろう」

城下街の仕立て屋が生地を持ってきた話をフィンレイから聞きながら、フレデリックはお茶を飲んだ。

「ただでさえ現在の領主の妻は質素で、着飾ることには無関心だ。祭りのときくらい城下街の店にお金を落とさないと」

「そんなこと言われても……」

困惑したようにフィンレイが俯く様子がおかしくて、フレデリックは笑いをこらえて眺めた。なにか言い返したいらしく、フィンレイは眉間に皺を寄せて考えている。

「たしかに着飾ることには興味を持てませんが、そのかわり狩りに行くとき用の長靴や銃弾は購入していますよ」

唯一の購入品を挙げて、フィンレイはどうだと言わんばかりの顔になった。

「しかも、私の分だけでなく、ライアンのものもです」

「そういえば、そうだな」

「でしょう?」

得意気なフィンレイが可愛くて、フレデリックは笑った。ライアンも控えめにくすくすと笑っている。

「おじうえ、これどうぞ」

ジェイが皿の上のクッキーを一枚手に取り、フレデリックに差し出してきた。唇の端っこにクッキーの欠片をつけてにっこりと笑う甥が可愛い。

「ありがとう。これがおまえのおすすめなのかな」

「とってもおいしいの。フィンレイも、どうぞ」

「ありがとう」

フィンレイも笑顔で受け取った。天気がいい日のお茶の時間。中庭の東屋でのひとときは、フレデリックの癒しとなっている。

「ぼくも、あげる」

キースが競うようにパウンドケーキを一切れ、フレデリックに渡してきた。それも受け取り、口に運ぶ。甘い焼き菓子を香しいお茶とともに味わい、ライアンとも少し話をして、フレデリックは席を立った。

「そろそろ役場に戻るよ」

「はい。いってらっしゃいませ」

優しく微笑むフィンレイの頬にくちづけをする。

「おじうえ、あくしゅ」

キースが右手を懸命に伸ばしてくるので、フレデリックは笑いながら握手した。その手は菓子を鷲掴みにしていたせいか、いささか汚れていたようだ。

「あ、大変、フレデリック、袖に……」

パウンドケーキに含まれたバターの成分だろうか、キースの手が触れたさいに上着の袖に染みがついた。

「すみません、私がキースの手を拭いていれば」

「あなたが謝ることではない。着替えればすむことだ」

なにか悪いことをしてしまったらしいと、キースが不安げな表情になっている。フレデリックは「大丈夫だ」と声をかけて茶色いふわふわの巻毛を撫でた。

「今日は定刻通りに仕事を終えられると思う。夕食のときにまた会おう」

フレデリックは東屋から出ると、自分の部屋に向かった。ギルモアがそっと後ろをついてくる。着替えを手伝うつもりだろう。

領主の部屋の衣装部屋に入ると、ギルモアが背後から上着を脱がしてくれた。無理のない完璧な力加減と角度だ。シャツの袖も汚れていたので、それも脱ぐ。フレデリックは上半身裸になった。

「お寒くありませんか」

「すぐに着るから大丈夫だ」

暖房が消えている衣装部屋は肌寒かったが、我慢できないほどではない。着替えのためだけに暖炉に火を入れるのは面倒だ。

ギルモアがあたらしいシャツを出して広げた。それに腕を通し、ひやりと冷たい感触に一瞬だけ怯みながらボタンをとめる。

「どちらの上着にいたしますか」

「そうだな、右から三番目で」

ずらりと掛けられている服の中からギルモアは三番目を取る。淡々と着替えを手伝うギルモアに、とくべつな表情はない。上着を着て姿見に全身をうつした。ズボンは替えていないが、上着の色柄とちぐはぐな印象はない。これでいいだろう。

鏡の中にギルモアがうつっている。汚れた上着とシャツを腕にかけ、口元が微笑んでいるように見えた。フレデリックに見られていると気づいていないようだ。しかしギルモアはすぐに振り向き、鏡の中で目があった。

「ギルモア、なにか楽しいことでもあったのか？」

「申し訳ありません」

「べつに咎めているわけではない。ここのところ、おまえはいつも苦虫を噛みつぶしたような顔ばかりを私に向けていたから、珍しいなと思っただけだ」

肩を竦めながらそんなことを言ってみたら、ギルモアが苦笑いした。

「さきほど少しフィンレイ様とお話をいたしました」

「どんな内容だ？　口止めされているわけでないのなら、教えてくれ」

ギルモアは仕立て屋が帰ったあとのフィンレイとの会話をかいつまんで話してくれた。

「なんと、逞しくなりたいとフィンレイが言ったのか」

「たしかに成人男性としては、若干華奢な体型ではありますが」

逞しいフィンレイを想像してみようとしたが、うまくいかない。

「おかしなことを考えるものだ。それも含めて可愛らしいのだが」

「フィンレイ様はつねに旦那様と領地のことをお考えのようです。素晴らしい奥様です」

「そうだな。私は素晴らしい伴侶を手に入れることができて、幸せだ」

照れもなくそう言い放ったフレデリックに、ギルモアが穏やかな目を向けてきた。

「……ギルモア、やっと私を許してくれる気になったのか……」

こんな柔らかなまなざしはひさしぶりだと、フレデリックはしみじみとつぶやく。

「申し訳ありませんでした。使用人にあるまじき態度だったと自覚しております」

「いや、そうされて当然だったから、もういい。フィンレイを思って私を非難していたのだと、わかっている」

「つきましては――」

「責任をとって辞めるなどと言い出すなよ」

ギルモアは、フレデリックの祖父がまだ存命だったときから仕えてくれている男だ。主に忠実で、道徳心があり、多くの使用人たちをうまく束ねてくれている。長年、執事として申し分のない働きをしてくれていた。ギルモアの後継者はまだ育ちきってはおらず、いま辞められては困る。

「本当に、申し訳ありませんでした」

ギルモアが深々と頭を下げた。

「謝らなくていい。私は自分がどれだけ愚かなことをしたか、よくわかっている。むしろもっと非難してほしいくらいだ。二度とフィンレイを悲しませないという戒めになる」

「旦那様……」

驚いたように顔を上げたギルモアに、フレデリックは苦笑いした。

「私は人として優秀だと自惚れていた。とんでもない。愛する人に暴言を吐き、泣かせてしまう愚かな男でしかない。フィンレイは許してくれたが、私は自分が信用できない。ギルモアには今後、厳しい目で私を監視し続けてほしいと思っている」

衣装部屋を出ると、ギルモアもついてきた。

「またなにか馬鹿なことをしでかしそうになったら、思いきり叱ってくれ。父上はもういない。いまとなっては、私を叱れるのはおまえだけだ」

廊下を進み、城の居住区から役場へと通じる場所が見えてくる。警備の領兵の姿があった。立ち止まって振り返る。

「頼めるか」

「かしこまりました」

ギルモアが深々と頭を下げたのを見届けて、フレデリックは役場へ向かった。

領主一家が暮らす城の一角が、行政をつかさどる役場になっている。フレデリックは毎朝そこへ出勤し、役人たちと仕事をしていた。

建物は繋がっていても管轄はしっかり分けられており、領主一家に仕える使用人たちは役場へ勝手に出入りすることはできないし、その逆に役人たちも居住区への出入りは基本的に禁じられている。行政には内密にしなければならない事柄がつきものだし、領主の家族を守る意味もあった。

警備は城全体を領兵が行っているが、持ち場はきちんと区別されている。役場へ通じる廊下には、帯剣して簡易的な革鎧を身につけた屈強な領兵が二人、行く手を塞ぐように立っていた。

ここを自由に行き来できるのは領主夫妻であるフレデリックとフィンレイ、そして領主補佐のマーティン、ディンズデール家執事のギルモアの四人だけと決められている。

フレデリックがその境界にさしかかると、領兵たちは最敬礼で道を開けてくれた。軽く頷きながら、そこを通り過ぎる。

廊下の先からマーティンが歩いてくるのが見え、フレデリックは片手をあげて「こんなところでどうした？」と声をかけた。

「お戻りが遅いので、いま迎えに行くところでした。そろそろ次の会議の時間です」

「それはすまなかった」

マーティンはギルモアと同年代の経験豊かな補佐役だ。フレデリックの父親の時代から役場に勤めており、その事務処理能力と判断力、若手の育成力はおおいにフレデリックの役に立っていた。

「着替えたのですか」

目敏いマーティンがフレデリックの上着に気づいた。

「キースに汚された」

「それは仕方がないですね」

マーティンをはじめ領民たちに双子の男児は慕われている。ふふふ、と笑いながら通路を歩いた。

「元気よく焼き菓子を食べていた。あれだけ食べても太らず、夕食もきちんととれるのだから、子供とは凄いものだな」

「ジェイ様とキース様は運動量がかなりあるのではないでしょうか。摂取したものをすぐに放出しているのでしょう」

「フィンレイが来てくれるまでは、ナニー殺しと呼ばれるほどだったからな」

「そんなときもありましたね」

一般的に、ナニーは子育て経験のある女性を雇い入れる。貴族の子供の世話ともなれば教養の高い教師や看護師としての経験がある女性を選ぶこともあるので、中年にさしかかった年齢であることも少なくなかった。

けれどジェイとキースはかなり活発に動き回ったり癇癪を起こしたりしていた幼児だったため、あまり若くないナニーたちを疲弊させてしまい、何人も辞めていったのだ。ついた異名が「ナニー殺し」。

ナニーを募集してもなかなかよい人材の応募や紹介がなく、フレデリックの頭痛の種だった。

ところが二年前にフィンレイが嫁いできてくれてから、双子を外でたくさん遊ばせて疲れさせてくれるようになった。おかげでナニーの負担が減り、辞めなくなった。頻繁に入れ替わっていたナニーの顔ぶれが落ち着いたせいだろう、手を焼いていた双子の癇癪は少なくなり、おとなしく昼寝はするし、さらに夜もよく眠るようになった。

「お子様たちが健やかに成長されているのは、喜ばしいことです」

「フィンレイのおかげだ」

ごく自然に感謝の言葉が出た。横にいるマーティンが静かに笑う。

「なんだ？」

「フレデリック様の口から、そんな惚気が聞ける日が来るとは、感慨深いです」

惚気と言われて、フレデリックはしかめっ面になる。ギルモアにはなにを言われてもたいして気にならないが、マーティンにからかわれるとムッとするのは、ここが職場だからだろうか。

「失礼な男だな。そんなつもりで言ったわけではない」

「わかっています。フレデリック様にとって、フィンレイ様に感謝するのは当然のことなのですよね」

たしかにフィンレイと結ばれるまで、フレデリックはだれとも結婚するつもりはなかった。豊かな領地を治める家の嫡男として生まれ、十代のころからさんざん女性たちから言い寄られてきたせいで、うんざりしていたのだ。

若くして領主となったあとは、その責務をこなすことで精一杯だったし、さらに甥たちを引き取ってからは健全に育てねばならないと気負っていた。気持ちに余裕がなかった。

フィンレイとの結婚は政略的なものではあったが、いまとなっては唯一無二の愛しい伴侶だ。無意識のうちに仕事場で惚気を口走ってしまうなんて、いささかどころかかなり恥ずかしい。

「会議はどこの部屋だ。無駄口をたたいている暇はないのではないか？」

「そうでしたね。申し訳ありません」

フレデリックはやや強引に空気を切り替えた。

マーティンがまだひっそりと笑っていることに気づいていたが、わざとらしくても構わない、フレデリックは無視することにした。

◇

「ああ、春だな」

まだ森の空気は冷たい。けれど木々のあいだからふりそそぐ日差しは、あきらかに冬のそれではなかった。

すべての命が芽吹くような、まばゆい春の訪れとともにフィンレイは狩りを再開した。心配性のフレデリックに、単独での狩りは禁止されている。今日はライアンと、城の使用人の中で若く体力のあるバートという男を同行させていた。

バートは二十代半ばのがっしりとした体格の男で、ディンズデール家に仕えて十年になるそうだ。以前のフレデリックなら、フィンレイが若い男と二人きりで出かけようものなら——それがたとえ狩りでも——嫉妬を抱いて二言三言の文句を口にしていただろうが、年末に王都から戻ってきてからそうしたことは言わなくなった。

森の中を三人で歩く。先頭はフィンレイだ。五感を研ぎ澄まして獲物の気配を探る。かすかに鳶（とび）の鳴き声が聞こえた。フィンレイが立ち止まれば、後続のライアンとバートも足を止める。鳴き声の方角にあたりをつけて目を凝らした。高い木の枝に鳶がとまっている。背中にかついでいた猟銃を静かに下ろし、すばやく構えた。

こちらから鳶が見えているということは、向こうからもフィンレイの姿が見えているということだ。けれど鳶は飛び立たない。両者のあいだにはかなりの距離があることと、フィンレイが殺気を放っていないからだ。

狩猟において大切なのは、射撃の腕は当然として、いかに自分の気配を抑えることができるかだった。フィンレイはそれを少年時代に狩人から教えてもらった。

絶対に撃ち落としてやる、と勇んではいけない。心を落ち着け、凪いだ気持ちで照準を合わせる。そして呼吸を整え、ためらわずに引き金を引いた。

パン、と乾いた音が森に響く。鳶が木から落ちたのを見て、バートが駆けていった。湿った落ち葉が堆積(たいせき)している地面を歩くのは慣れていても大変なのだが、バートはそれをものともせずに鳶を見つけて戻ってきた。

「フィンレイ様、冬のあいだ狩りを休んでいたとは思えない腕前です。素晴らしい」

バートが掲げた鳶は、目を撃たれて絶命している。弾は貫通していた。

「すごいです」

ライアンが興奮した様子で、「さすがフィンレイ」と褒めてくれた。

「一羽だけじゃ夕食には足りないし、もっと森の様子を見たいから、もうすこし奥まで入ってみようか」

鳶はバートが担いでくれ、三人はふたたび歩き出した。

獲物を探すだけでなく、フィンレイは領内の山林を歩き回ることで、いつも異変はないか観察していた。野生の獣が人里近くまで出てきていないか、特定の獣だけが増えすぎたり減りすぎたりしていないか、長雨のあとなどは山に地滑りの予兆はないか、川の増水はどれほどか――。

気づいたことは、フレデリックに報告するようにしている。ささいなことでも自然災害の備えに繋がったり、農作物が獣に荒らされるのを事前に防ぐことができたりするのだ。

ふと、フィンレイは森が静かすぎると思った。

春は鳥たちの繁殖シーズンだ。雪が溶け、日差しが暖かくなってきたのに、鳥たちがあまり騒がしくない。いつもの春なら鳶もたくさん見かけるはずなのに、さっき仕留めた一羽以外に、数えるほどしか気配がなかった。

鳥たちがフィンレイを警戒しているのか？　いや、人間が一人二人地面を歩いていたとしても、鳥たちはそれほど慎重にはならないものだ。銃声に驚いて飛び立っても、しばらくしたら戻ってくる。

（もしかしたら、鳥たちが警戒を持続させるほどに、私たちだけでなく複数人がたびたび森に入っているのかもしれない）

それが領民なら問題はない。春先は、越冬用に貯えた薪が足りなくなり、森で薪拾いをする領民がいる。薪拾いが禁じられているわけではないが、間伐材をきちんと乾燥させた薪が安価に売られているため、よほど貧しい領民以外はそちらを使用する。

（あとで近所の領民に聞いてみよう）

フィンレイはそう決めた。

「ライアン様、お疲れではないですか」

バートがライアンに声をかけている。「まだ大丈夫」と答えているが、最後尾のバートにはライアンの様子がよく見えているはずだ。歩き方に疲れが見えてきたのかもしれない。

「すこし休憩しよう」

フィンレイが提案すると、ライアンがかすかに安堵したのがわかる。

狩りの最中は疲れたなら素直に弱音を吐いてほしいのだが、ライアンは我慢しがちだ。フィンレイは、少年の強がりをやみくもに否定したくないという気持ちがあった。その、せいいっぱいの背伸びが子供特有のものだと本人が気づくのは、まだすこし先のことだろう。

森の中に座る場所はないので、立ったまま持参してきた水を飲んだ。

「フィンレイ、僕がいなくなったら、こんどはジェイとキースに狩りを教えるのですか？」

不意にライアンが聞いてきた。そこまで考えていなかったので、正直に答える。

「まだわからないな。あの子たちが狩りに興味を示すかどうかだと思うけど」

「そうですね。最初にフィンレイが僕を狩りに誘ってくれたのは、僕が猟銃に興味を抱いたからでした」

「そうそう。ずっと放置されていた猟銃を分解して手入れしていたら、ライアンがずーっと飽きずに眺めてきて……」

二年ほど前のことを思い出すと、じんわりと瞳が潤んでくる。

「フィンレイ様」

バートが苦笑して、手巾を差し出してくれる。

「留学まであと半年ですか。寂しくなりますね」

「ああダメ、それ言わないで。余計に寂しくなるから」

手巾で目元をぐっと押さえた。ライアンが旅立つ日を想像するだけで、どうしても涙が出てきてしまうフィンレイだ。

「二年前、フィンレイ様がお輿入れされたときは、まさかここまでライアン様のことを可愛がってくださるとは、思ってもいませんでした」

しみじみと言われ、「そうかな」と振り返る。

「フィンレイ様はもうすっかり領主様の家族になりました。ここに来てまだ二年だなんて思えないくらいです。もうずっと長いこと、ここで暮らしているような感じがします」

「ありがとう。最高の褒め言葉だよ」

ふふふ、とフィンレイは照れ笑いをした。

その後、ときおり話をしながら三人は森を歩き回り、その日の狩りは鳶二羽のみという、いささか寂しい結果で終わった。

森の外に繋いであった馬に乗り、城への帰り際、フィンレイは近くの農家を訪ねた。薪拾いをするために森に入ったか聞きたかったからだ。

レンガ造りの二階建ての家は、農家にしては立派だった。家の周囲には農地が広がっている。別棟も建っていることから、農夫を雇っているのかもしれない。家の前には十人分はありそうな洗濯物が干されていた。

「まあ、フィンレイ様」

農家の妻は、フィンレイとライアンを見て驚いた。しかし後ろに立つバートが鳶二羽を担いでいるのに気づき、「狩りですか」と微笑む。領主の妻が狩猟を趣味にしていることは、領民たちに広く知られていて、受け入れられていた。

「忙しいときにすまない。とくにこれといって用事があって訪ねてきたわけではないんだ。ここのところ、なにか変わったことはなかったか?」

まだ日は暮れていない時間だが、家の中からはなにかを煮炊きしている匂いが漂ってくる。夕食の準備中だろう。農家は日没前にやらなければならないことがたくさんある。日に焼けた丸い顔で微笑み、農家の妻は「変わったことですか?」と首を傾げた。

「とくに思い浮かびません」

「ここ最近、森に入ったか？」

「入りました。夫と息子が薪拾いに行きました」

「それは何度だ？　いつものことなのか？」

「毎日ではありません。村まで薪を買いに行くひまがないときに、少しだけ…。いけませんでしたか？」

不安そうな表情になった農家の妻に、フィンレイは「そんなことを咎めるわけがないだろう」と笑ってみせた。

「かあさん、どうしたの」

農家の妻のスカートの後ろから、女の子が顔を出した。ちょうどジェイとキースとおなじくらいの年齢だ。茶褐色の巻毛と、つぶらな瞳がかわいい。

「こんにちは」

フィンレイが微笑みかけると、女の子は恥ずかしそうに目を伏せて母親の後ろにひっこんでしまう。

「メイジー、フィンレイ様とライアン様よ。ご挨拶して」

女の子はおずおずと顔を半分だけ出して、「こんにちは」と返してくれた。愛らしいメイジーともっと交流したい気持ちが生まれたが、長居は無用だ。家事の手をとめてしまった詫びにと、フィンレイはバートに目配せをして、鳶二羽を差し出させた。

「これをもらってくれないか。今日はこれだけしか仕留められなかった。あなた方に食べてもらいたい」

「えっ、いただいてもよろしいのですか?」

農家の妻は驚愕しながらも嬉しそうだ。バートから鳶を受け取り、「ありがとうございます」と何度も礼を言う。領民たちはフィンレイが領主一家の食糧を確保するために狩りをしているわけではないと知っているし、こうしたことがたまにあるという話は広まっているようで遠慮はしない。

母子に別れを告げ、フィンレイとライアン、バートはふたたび馬に跨がった。農家からじゅうぶんに離れてから、今日狩りをした森とその背後の山を眺める。

「たまの薪拾いだけで、森の獣たちが警戒するとは思えないな……」

「そうですね」

バートが思案げに頷く。

近いうちに隣接する別の森にも狩りへ行こうと思った。そこでも違和感があったなら、なにかが起こっている可能性が高い。自然現象か、人為的なものか、まだわからないが――。

領主の城に帰りつくと、通用口で待ち構えていた家政婦長のローリーの手によって、フィンレイとライアンは汚れた長靴と上着を脱がされる。猟銃は別の使用人が保管専用の部屋に持っていってくれた。

泥や獣の毛などを城の居住区に入れないようにというローリーの配慮なのだが、今日は鳶を二羽撃っただけだ。その鳶も農家にあげてしまった。

そう話すと、ローリーは「それはようございました」と頷く。

夕食の時間までにはまだ一刻ほどあるというので、フィンレイは役場へ足を向けた。

城の居住区と役場をつなぐ通路には、二人の領兵が立っていた。

「こんにちは。フレデリックに用事があります」

領兵たちは「どうぞ」と道を開けてくれる。役場に入り、フィンレイは領主の執務室へと歩いていった。途中で出会った役人たちは、みんなにこやかに会釈（えしゃく）してくれる。

執務室の扉を叩いて、「フィンレイです」と名乗ると、すぐに内側から開いた。

「フィンレイ様」

すこし驚きながらも微笑んでくれたのは、領主補佐役のマーティン。

「いらっしゃいませ。今日は狩りに出かけたとお聞きしましたが」

「さっき戻ってきたところです。それで、すこし話しておいた方がいいかなと思ったことがあったので来ました」

「それはご苦労さまです。どうぞどうぞ」

まるでお茶会に招き入れるようにマーティンが優雅に腰を折る。その向こうに執務机についているフレデリックがいた。フィンレイと目が合うと、微笑んでくれる。

「あの、フレデリック、忙しいところを邪魔してごめんなさい。急ぎの報告ではないので、出直した方がいいでしょうか？」

「いや、大丈夫だ。君がわざわざここまで来てくれたのに、話を聞かずに帰すなんて愚か者のすることだ。さあ、入ってくれ」

フレデリックが歓迎するように両手を広げて立ち上がったので、フィンレイは執務室に足を踏み入れた。フレデリックに緩く抱きしめられ、額にくちづけを受ける。

「ひさしぶりの狩りはどうだった？」

「鳶を二羽だけ。獲物が少なくて」

「それは君の射撃の腕におそれをなして、獣たちが隠れていたのではないかな」

軽い口調でフレデリックが言い、マーティンが笑った。

「それで、わざわざここまで来たのは、なにかあったのか？」

ソファに並んで座り、手を握りながらフレデリックが聞いてきた。マーティンは座らず、執務机の横に立って話を聞く体勢になっている。

「まだなんの確証もないんですけど――」

前置きしてから、フィンレイは森が不自然に静かだったことを話した。近くに住む領民の証言も添える。

「原因を探るために、二、三日中にまたあの近辺の森に出かけようと思っています」

「そうか」

フレデリックが考えこむ顔になった。

「話してくれてありがとう、フィンレイ。あなたでなければ気づけなかったことだろう。こちらでもすこし情報を収集してみる」

フレデリックとマーティンが目だけで合図を送り合う。

「狩りから戻ってすぐにここに来たのか？」

「はい」

「では双子たちが寂しがっているだろう。今日も夕食の時間までには戻れると思うから、それまで子供たちを頼む」

フィンレイをエスコートするように、フレデリックは執務室の扉まで送ってくれた。そして別れ際、マーティンに聞こえないような小声でそっと囁いた。

「愛しているよ、私のフィンレイ」

そして掠めるように、すばやく唇にくちづけが落とされる。胸いっぱいにフレデリックへの愛しさが満ちた。

「私もです」

囁き返し、フィンレイは執務室をあとにした。

夕食のあと、領主の妻の部屋で湯浴みをすませたフィンレイは、寝衣の上にガウンをはおって隣の部屋へ行った。廊下に出なくとも扉ひとつで繋がっている領主の部屋だ。

「フィンレイ、おいで」

フレデリックは暖炉の前に座り、グラスを傾けていた。彼もガウン姿になっている。

「なにを飲んでいるのですか」

「蒸留酒だ。あなたも飲むか?」

「いえ、私は……」

フィンレイは酒に弱い。甘い果実酒なら少量飲めるが、蒸留酒は苦手だった。知っているくせに、フレデリックは「一口だけでもどうだ」と勧めてくる。

「私は得意ではないので」

「これは上物だ。うまいぞ」

「……じゃあ、一口だけ」

フレデリックの横に腰を下ろした。気が進まないがグラスを受け取り、一口というより舐めるていどの味見をした。やはりおいしいとは思えない。しかめっ面になったフィンレイに、フレデリックが笑った。

「笑わないでください」

ちょっとムッとしながらグラスを返す。

「いや、可愛いなと思って」

「私を子供扱いするつもりですか」

「まさか。子供にこんなことはしないよ」

腰を抱き寄せられ、くちづけられる。酒の味がする舌が口腔に入ってきて、フィンレイの舌をまさぐってきた。ねっとりと絡められ、その気持ちよさとアルコールで頭がぼうっとしてくる。

長いくちづけから解放されたときには、もうすっかり腰が砕けていた。フレデリックにもたれかかり、暖炉の炎をぼんやりと眺める。

「狩りの最中にライアンの留学話で泣いたそうだな」

「バートに聞いたのですか」

夕食の席で狩りの話をしたが、フィンレイもライアンもそのことは言わなかった。ライアンがフレデリックにこっそり報告するとは思えないから、話したのはバートだろう。

「あの男もなにか気づいたことはないか、すこし尋ねただけだ。そのときに、あなたが泣いたと聞いた。泣き虫だな」

フィンレイ自身も、これほど泣き虫だったとはと驚いているところだ。

「私はライアンとたった二年しかいっしょに暮らしていません。フレデリックやジェイとキース、ギルモアたちがともに過ごしてきた時間と比べると、とても短いです。みんなが感じている寂しさはきっと私よりも大きくて深いはずなのに……みっともなく泣いてばかりですみません」

「謝ることはない。あなたがライアンを大切に思ってくれている証拠だ。私は嬉しいよ」

大きな手で背中を撫でられると、また乱れそうだった気持ちが凪いでくる。優しいフレデリックに、ついフィンレイは八つ当たりしたくなった。

「予定より一年も留学が早まったのがいけないのだと思います。まだとうぶん先だと余裕を持っていたのに、いきなり一年も繰り上げるなんて、とんでもないことです」

「そうだな、その点については私も同意見だ。けれど国王に頼まれてしまっては、断れないだろう」

ライアンの留学時期繰り上げは、昨年末の新王太子決定に端を発している。

亡くなった第二王子アンドレアの息子アーネストが新王太子候補になったとき、彼は「王太子になりたくない」と拒んだ。理由はただひとつ、近衛(このえ)騎士タイラーに恋をしていたからだ。王太子になったら絶対に、国と王室にとって都合のいいどこかの令嬢と結婚させられることがわかっていた。

しかし第三王子ディミトリアスを新王太子にするわけにはいかない。フレデリックたちはアーネストを説得した。同時に、アーネストに無理に結婚を勧めないように、とジェラルド国王も説得した。

　アーネストが独身を貫き、子供をつくらないまま玉座に就くことになったら、つぎの王太子はジェラルド国王の末子、第十三王子ヒューバートになるだろう。

　七番目の愛妾が産んだ王子でフィンレイの異母弟にあたるヒューバートは現在十一歳。夏が来ると十二歳になる。この秋から王立学院に通うことになっていた。

　急遽（きゅうきょ）、次期王太子候補となったヒューバートの学院生活を、王室は慌ただしく準備しはじめた。玉座からもっとも遠い存在だったはずのヒューバートは、末の王子ということで国王に可愛がられてはいたが、教育に関してはそれほど手厚く面倒を見られているわけではなかったのだ。

　まず教師の選考、授業の内容の精査が行われ、ヒューバートにふさわしい学友が選ばれた。年齢が近く、身元が確かな、信用がおける家の子供だ。ライアンの名が挙がったのは、当然だった。

　一歳違いなので、学院で出会う確率は高いだろうと、以前からフレデリックは言っていた。フレデリック自身も、第二王子アンドレアとは三歳違いだったために学生時代は親しくしていたらしい。

けれど入学前から学友に選ばれると、話がちがってくる。友人というよりは側近のような立ち位置になるらしい。二人の少年の気が合えばいいが、生まれも育ちもちがう子供がしっかりとした信頼関係を築けるだろうか。

もしうまくいかなかったら、ライアンの心に傷がつくだろうし、王家はディンズデール家の心証を悪くするだろう。しかし、国王から直々に頼まれてしまっては、断ることなどできない。仕方なく、フレデリックはライアンの留学を一年早めたのだ。

いきなり一年も前倒しにして、ライアンの学力や心の準備は大丈夫なのかとフィンレイは心配でたまらない。けれど本人は意外と冷静で、「頑張ります」と淡々としている。

「あと半年しかないなんて。本当に準備は大丈夫なんですか」

「学習面については、ランズウィック卿(きょう)が教えてくれている。このまま進めていけば大丈夫だという話だ」

ライアンは留学のためにいままでしっかり勉強していたが、急遽、王都からあたらしい家庭教師を呼び寄せた。王立学院の最新の留学事情を知っている、貴族の子弟の家庭教師として定評がある男らしい。まだ二十代後半で、白金の髪に榛(はしばみ)色の瞳の穏やかな男だ。

彼を思い出すと、フィンレイはすこし胸がもやもやする。

ライオネル・ランズウィックがこの地に来たのは半月ほど前だ。急な要請で、かつ半年間という短い契約だったが、ランズウィックは喜び勇んでディンズデール地方領にやってきた。

「はじめまして、ディンズデール殿。お会いできて光栄です」

榛色の瞳をキラキラさせ、そばかすが浮いた頬を紅潮させたランズウィックは、緊張した様子でフレデリックに挨拶した。

紹介者は王都に住むフレデリックの友人で、その人が言うには、どうやらランズウィックは「熱心なディンズデール地方領主の信奉者」らしい。それがどういう意味なのか、フィンレイはランズウィックに会ってみてわかった。

彼はとにかくフレデリックが好きなのだ。憧れている。フレデリックと話が出来る機会がすこしでもあれば逃さない。ライアンの様子を報告するふりをして身を寄せ、フレデリックの手に触れようとしたりする。

フィンレイはそうした場面を見かけると、どうしても不愉快になった。フレデリックがランズウィックを邪険にあしらわないから余計に。

「ランズウィック卿は、その……」

「なんだ?」

「あなたに馴れ馴れしすぎはしませんか?」

思い切って言ってみた。勇気を出して指摘したのに、フレデリックはくくっと笑い、

「あなたが気に病むことなど、なにもないよ」と流そうとする。

「でも、話をするとき距離が近すぎます。内緒話のように顔をくっつけているときもあるじゃないですか。それに、あなたは彼が腕に触れても、振り払うそぶりもしません。私は不愉快です」

「ランズウィック卿は私によこしまな想いなど抱いていない。ただ純粋に好いてくれているだけだ。どうも私は『救国の君』などと王都で呼ばれているらしいのでね」

フレデリックが苦笑いしながらグラスを口に運ぶ。

新王太子がディミトリアスではなくアーネストに決定したのは、フレデリックが国王に働きかけたからだという話が、王国全体に広まっていた。それは事実なのだが、フレデリックは自分だけの功績だなどとは思っていないし、一領主が王国に影響力を持ったと国民に誤解してほしくないので関係者には他言無用を言い渡してあったはずだった。けれど人の口に戸は立てられない。アーネスト派の貴族から話が漏れたらしく、あっという間に広まった。

フレデリックがもともと庶民にも評判がよかったこともあり、玉座に就いていたら最悪の時代が到来していたかもしれないディミトリアスを正当な手段で廃してくれた英雄、救国の君だと一部の人たちが持ち上げているという。ランズウィックはそうした思想にはまった多くの人々のうちの一人だったのだ。

「フレデリックがこの国を救ったのは本当です」

「私だけの力ではない。フィンレイも活躍したじゃないか」

「あなたが中心になって貴族たちの意見をまとめなければ、父上だってなかなか決意できなかったと思います」

「どうやら私の妻は、ランズウィック卿とおなじ思想に染まっているようだな」

「茶化さないでください」

楽しそうに笑っているフレデリックに苛立ち、フィンレイは「もうっ」と怒った顔をしてみせた。グラスをテーブルに置き、フレデリックが抱きしめてきた。宥めるように頬にくちづけてくれる。

「ランズウィック卿は頼りになる人だ。しっかりとライアンの面倒を見てくれている。家庭教師の依頼がとぎれないほどの人物なのに、こんな田舎にわざわざ来てくれたんだ。それに人当たりが柔らかいから、使用人たちともうまくやってくれている」

「彼が悪い人でないことくらい、わかっています……」

「そうだな、あなたが不快に感じるなら、今後はランズウィック卿と話すとき、一定の距離を保つように努力しよう」

「本当ですか？」

「本当だ」

フィンレイは夫の背中に腕を回し、ぎゅっと抱きついた。

この人は大切な夫だ。自分だけのものなのだ。だれにも渡さない。この身に触れていいのは、子供たちと自分だけだ——強い独占欲がわいてくる。

結婚して二年たち、もう新婚とは呼べない時期になったというのに、独占欲がより深まった気がする。おたがいの愛情が育つと安心感も大きくなり、気持ちが落ち着いてくるのかと思っていたのに、逆だった。

ぎゅうぎゅうと体を押しつけて縋りつくフィンレイを、フレデリックが広い胸で受け止めてくれた。

「あなたの嫉妬は可愛いな」

「可愛くないです。こんな自分は嫌。醜いです……。嫌いにならないでください」

「フィンレイを嫌いになるわけがないだろう。愛しているよ。ほら、可愛い顔を見せてごらん」

甘い声で囁かれ、フィンレイはおずおずと顔を上げる。微笑んだフレデリックが唇を重ねてきた。フィンレイの機嫌をうかがうように、そっと舌が差しこまれる。積極的に舌を絡めたら、フレデリックが含み笑いをもらした。なぜだか、いまとても夫の熱がほしい。

そんな気持ちを察してくれたのか、フレデリックにひょいと抱き上げられた。小柄とはいえフィンレイは成人した男性だ。それでもフレデリックの頑健な体はものともせずに、軽々とフィンレイを横抱きにして運んでしまう。

ふかふかの寝台の上に下ろされた。覆い被さってくるフレデリックのガウンの腰紐を、フィンレイはするりと解いた。さらに急くように寝衣のボタンを外す。無自覚だったが、ささやかな嫉妬がフィンレイに火をつけていた。

「あなたは本当に可愛いな」

滲むような笑顔でフレデリックがくちづけてくる。フィンレイもガウンと寝衣を脱がされ、密着する素肌にうっとりと目を閉じた。重ねた胸からフレデリックの力強い鼓動が響いてくる。足の付け根のやわらかい部分に押しあてられている固いものは、夫の屹立だ。求められている安堵感に、フィンレイは身も心も蕩けさせた。

首筋から鎖骨へと、フレデリックの唇が滑っていく。胸の飾りを舐められて、フィンレイはしなやかに背筋をのけ反らせた。ゆるく勃ちあがってきたものを大きな手で握られ、甘えたような声を上げてしまう。

「ああ、フレデリック……」

いかせないていどにゆるゆると性器を扱かれながら、後ろの窄まりを指で弄られた。もう何度もそこで体を繋げているけれど、官能の高みには果てがない。もうこれ以上はないと思っても、つぎに抱かれたときにはまた我を忘れるほどに感じさせられる。

期待のあまり強張るそこを、フレデリックが香油で解してくれた。指が一本から二本に増やされるころには、フィンレイはもうたまらなくなってくるのが常だ。もっと太くて熱くて固くて長いものが欲しくて欲しくて、指をきゅうきゅうと締めつけてしまう。

「もう、いいです、大丈夫ですから……」

はしたないとわかっていても、挿入を促す言葉を口にしてしまう。

「いや、指が三本入るまでダメだ。私はあなたにカケラほども痛みを与えたくない」

体格にみあって立派なものが反り返るほどになっているのにフレデリックは我慢強くて、いくらフィンレイがねだっても与えてくれない。

やがて指が三本、余裕で入るほどに緩んでくる。募る射精感に悶えて半泣きになっていたフィンレイは、やっと入ってきたフレデリックの剛直に全身を震わせて歓喜した。

「あ、あ、あ、あ、ああっ……！」

ぐっと奥まで突きこまれ、それだけでフィンレイは絶頂に達した。激しい快感に泣いているフィンレイを抱きしめ、フレデリックが腰を蠢かせる。感じやすい体はすぐに復活して、フィンレイの体は勝手に体内のそれをきゅっと上手に締め上げた。フレデリックが官能のため息をつく。

「ああ、すばらしい、フィンレイ……」

体を褒められて、朦朧としながらもフィンレイは嬉しい。

嫁いでくるまで、フィンレイはだれとも親密な関係になったことなどなかった。性交はもちろん、くちづけすら、フィンレイはフレデリックがはじめてだった。

男同士で体を繋げる行為を、一から教わった。この体はフレデリックのためにある。フレデリックが気持ちよくなってくれるのなら、これほどの喜びはない。体の奥深くに情熱を注ぎこまれながら、フィンレイはまた快感を極めて、愛する夫にしがみついた。

◇

「報告書です」

マーティンが執務机に置いた書類を、フレデリックは手にした。

「いささか不審なできごとがいくつか挙がってきました」

「小火(ぼや)が数件に、子牛の盗難が二件か」

箇条書きにされていることがらに、フレデリックは目を通していく。

フィンレイが狩りの最中に異変を感じたと知らせてくれたあと、フレデリックはマーティンに命じて領内の事件を大小かまわず報告させた。それを役人たちが集計し、まとめたものが手元に届いたのだ。

「例年のいまごろよりも、犯罪が多い点が気になります」

「そうだな」

事件そのものは目立って大きなものはない。しかし——。

「小火の件数が多いな。しかも不審火……」

「火の気のないところで小火騒ぎが続けて起きています。納屋や井戸端、牛舎などです。いまのところ人的被害はありません。放火でしょう。すべて深夜のため、目撃情報はありません。現場付近に足跡が複数見つかっていますが、特徴のあるものではありませんでした。足跡から犯人を捜すことは困難だと思われます。ただ、単独犯ではないことはわかりました」

「なにか目的があって放火しているということか？」

一般的に放火といえば精神的な病が原因だったり、怨恨による嫌がらせだったりするものだ。

「小火の場所は？」

「こちらです」

マーティンが領内の地図を広げた。いくつか印がつけられている。領主の城は領地のやや西よりに位置していて、印はどちらかというと東側に点在していた。

「城の近くでは起きていないのだな」

「いままではそうですが、今後はわかりません」

「それはそうだ」

「それに、そのうち人的被害も出るかもしれません。領兵の巡回は増やそうと考えています。地方の街にはすでに注意書きを送りました。領兵だけですべての街を警戒することはできませんので」

仕事が早いマーティンに頷き、フレデリックは地図を眺めた。子牛が盗まれたのも東側になる。ディンズデール地方領は全体的に治安がよく、ほとんど犯罪は起きない。とはいえ、まったくないわけではない。子牛の盗難くらいは、たまに聞く。けれどその犯人が捕まっていないのは気になる。

農村では、だいたいの住人が顔見知りだ。余所者（よそもの）が入ってくればすぐわかるし、子牛を盗んだ者が売ろうとしたら発覚する。食べようとしても隠しきれるかどうかわからないほどに、人間関係は密だという。

小火と子牛の盗難は、一見関係ないようでいて、もしかしたら繋がっているかもしれなかった。

「フィンレイが異変を感じた森はこのあたりか」

その周辺では、まだ目立った事件は起こっていない。

「フィンレイ様は今日、ふたたび狩りに出かけられたと聞きましたが」

「そうだ。今回は狩りというより森の様子を見に行ったので、ライアンは連れて行かなかった。そのかわり、バートだけでなく領兵を一人、伴っていった。なにかあったときの用心のために」

フレデリックとしては、わざわざフィンレイが行かなくとも領兵を護衛につけて役人のだれかに命じた方が安心なのだが、その気になったフィンレイを翻意(ほんい)させるのは簡単ではない。無事に帰ってくるまで心配でならなかった。

ついしかめっ面になっていたのだろう、マーティンが苦笑いした。

「大丈夫ですよ。フィンレイ様ほどの射撃の腕があれば、たいていのことは切り抜けられます」

「まあ、そうなんだが……」

「以前のフレデリック様なら、強引にでもフィンレイ様を引き留めていたでしょうね。ずいぶん我慢されるようになられて」

マーティンにしみじみとした口調でそんなことを言われ、フレデリックはバツが悪い。

「最近、ギルモアやローリーたちの態度が軟化してきたそうですね」

マーティンの情報源はギルモアだ。二人は同年代で、長年この城に仕えているという共通項から、共同戦線を張っている。そのため、城の居住区と役場はきっちり分けているのに、マーティンはフレデリックの私生活についてよく知っていた。その逆もしかり。

幸いなことに、マーティンは役場で余計な話を広めておらず、フレデリックの領主としての威厳は損なわれていない。

「以前にも増して、フィンレイ様との仲睦まじい様子が見られるとか。使用人たちに冷たくされて懲りましたか」

「その言い方はやめろ。私は反省したのだ。そして、一生フィンレイを愛し、なによりも大切にしていくと、あらためて誓っている」

「それがよろしいと思います」

うんうんとマーティンが頷いた。あちこちに親代わりのような存在がいるのは頼もしいが、面倒くさいこともある。仕方がない。マーティンもギルモアと同様、フレデリックが生まれる前からこの地で働いている人間だ。

そのとき、廊下をバタバタと走る足音が聞こえた。行儀が悪いことが嫌いなマーティンが渋面になる。執務室の扉が忙しなく叩かれ、返事をする間もなく開かれた。若い役人が「失礼します」と駆けこんでくる。額に汗が滲んでいた。ただ事ではない。

「どうした。なにかあったのか?」

「街道で野盗が出ました」

「なんだと?」

思わずフレデリックは立ち上がった。マーティンと顔を見合わせる。野盗など領内ではめったに出没しない。しかも人里離れた山道ではなく、整備された街道に出たとなると問題だ。

ちょうど広げたままになっていた領内の地図上を、役人が指さした。

「報告によると、このあたりです」

襲われたのは荷馬車で、荷は果実酒の樽だった。果樹園近くの醸造所から街へと運ばれる途中で、酒樽は荷馬車ごと強奪されている。御者をしていた醸造所の従業員二人は重傷を負っているという。

「ここ数日、雨が降っていなかったので街道の表面は乾ききり、車輪の跡はほとんど残っておらず追いきれなかったようです」

「従業員のケガは？」

マーティンの問いに、役人が「命に別状はないと聞きました」と答える。

「ただ、後遺症が心配されるていどには重いケガだそうです」

なんてことだ、とフレデリックは事件を重く受け止めた。貧困を理由に商店や市場の売り物を盗む領民はいても、酒樽を荷馬車ごと強奪して逃げおおせる事件が起こるなんて、めったにない。

フレデリックが役人に尋ねた。

「ケガをした従業員は話せるのか。証言は取れたのか？」

「一人が話せる状態で、野盗は五人から六人と証言しました。全員が成人した二十代以上の男で、騎乗しており、帯剣している者と短銃を所持している者が半々、風体はならず者のようだったそうです」

「すぐに似顔絵を描かせろ。記憶が薄れる前に」

「わかりました」

「それと、野盗の捜索は打ち切ることなく続けさせるように」

役人は何度も頷き、執務室を出て行った。廊下を足音が去って行く。

「まずいですね。もうすぐ花祭りですよ」

ため息まじりに呟くマーティンは、厳しい表情で領内の地図を見下ろした。

春になって最初の大きな祭りは、領民たちがとても楽しみにしている。現在準備の真っ最中だ。領地内の主だった街が色とりどりの花で飾られ、広場や大通りには食べ物の屋台が並び、酒が振る舞われる。流しの音楽隊もやってきて、歌ったり踊ったりと、みんなで春の訪れを祝うのだ。

領主夫妻は毎年、花柄の派手な衣装に身を包み、花で飾った馬に乗って城下街を練り歩く。一日中騎乗しているのは大変だが、フレデリックもフィンレイも春の喜びを領民たちと共有するのは嬉しいし、なによりもその日は公務でありながらずっといっしょにいられるので楽しみだった。

ここ数年は領地外からの見物客も多く、人口が一気に増えたのではと感じるほどに賑わう。もともと平和で警戒心などあまりない領民たちなのに、いつもよりもっと緩んだ空気に満ちるのだ。けれどそれがディンズデール地方領の花祭りの良さでもある。

「……できれば、領民たちに注意喚起などしたくない」

楽しい気分に水を差したくなかった。

「それはそうですが、野盗の事件は知らせないわけにはいきませんよ。噂はすぐに広まります。領主からの公式発表がなければ、誇張されたり歪曲されたりした話が伝わってしまいます。いまわかっている事実と調査中であることは、発表しましょう」

マーティンの言うことはもっともなので、その旨、発表する段取りを任せた。

夕方のそろそろ終業時間かというころ、フィンレイが執務室にやってきた。狩りのふりをした森の調査から戻ってきたようだ。いくぶん硬い表情のフィンレイに、フレデリックは今日何度目かの嫌な予感がしたが、「おかえり」と迎えた。

「なにかありましたか」

マーティンの問いかけに、フィンレイが頷く。

「西の森に、何カ所か野営の跡がありました」

やはり嫌な予感は当たった。

「だれがそこで夜を明かしたのか、近隣の住民に尋ねてみました。森で薪拾いや狩りはしても、わざわざ野宿などする者はいないということでした。野営の跡は、それほど森の奥ではなかったんです。山の中腹には、木こりや狩人たちが避難所として使用する小屋があありますが、野営の跡は深い場所ではなく、はっきりいって中途半端な場所でした。地図はありますか」

フィンレイがマーティンに頼むと机に領内の地図が広げられる。東側に小火の印がつけられたままのものだ。フィンレイは当然、「これはなんの印ですか」と聞いてきた。

「ここのところ小火が連続して起きていまして。その発生場所です」

「小火？」

「おそらく放火です。人的被害はまだ出ていません」

フィンレイがきゅっと眉間に皺を寄せる。しばし考えこんだあと、「野営の跡ですが」と自分で話を戻した。細い指が西側の森をトントンと叩く。

「このあたりに三カ所見つけました。ここと、ここと、ここ。探せばもっとあるかもしれません」

「それが意味するところはなんだと思う？」

フレデリックの問いかけに、フィンレイがはっきりと「偵察だと思います」と答えた。

「近隣住民のだれにも身に覚えがない野営跡です。余所者が入りこんだとしか思えません。それに私が数日前に感じた森の異変。あれは余所者が複数回、森で野営して野生動物を警戒させてしまった結果でしょう」

迷いがない口調には、経験に基づいた自信が感じられた。

「この小火の発生箇所ですが、東側ばかりですね。小火が人為的なものだった場合、そのうち西側にもなんらかの事件が起こる可能性があります。野営は、その下調べだと考えるのが妥当ではないでしょうか」

冷静に分析するフィンレイを、フレデリックは頼もしく見つめた。

昨年の新王太子をめぐる騒動の折、フレデリックはフィンレイに進捗状況や自身の苦悩を一切話さず、除け者にした。フィンレイは男ではあるが妻という立場だったし、成人していてもまだ十九歳。政争の醜さなど知らなくていいと判断したからだった。

けれどフィンレイは夫であるフレデリックを公私ともに支える覚悟をしていたし、そもそも王族の一員だ。王位継承権はなくとも亡くなったアンドレアは異母兄だし、新王太子となったアーネストは甥にあたる。部外者ではなかった。

フィンレイは小柄で屈託なく、一見してただの育ちのいい少年のようではあるが、それなりに経験を積んだ一人前の男だ。きちんと教育を受けて王子としての知識を身につけているし、市井育ちなので一般常識に関することならフレデリックよりも上だろう。射撃の腕については言わずもがなだ。

いまなら、五カ月前の自分はどうしようもない愚か者だったとわかる。フィンレイはお飾りの妻などではなく、頼りになる相棒だ。二十歳になり、ますますしっかりしてきた。

「マーティン、荷馬車の件をフィンレイに」

フレデリックが促すと、マーティンが街道に野盗が現われたことを話しはじめた。フィンレイは地図で事件が起こった場所を確認し、しばし黙考する。

「その後、どのような指示を出しましたか」

「引き続きの捜索と、周辺の警戒です」

「領兵を使って？」

「近くの街には自警団がありますが、野盗たちが短銃まで所持しているとなると、領兵が警戒にあたらねばならないでしょう」

「そうですね」

頷いたフィンレイに、フレデリックは「あなたはどう思う？」と聞いた。

「小火と野盗は関連性があると思うか？」

「……まだ結論を出すには早いと思います。ですが、複数のならず者が領内に入りこみ、なんらかの目的をもって事件を起こしたのは確かでしょう。強奪したのが酒樽という点も不審です。売りさばけばお金に換えることはできますが、その代わり足がつきやすい。この領内で売るのは不可能です。領外に運ぶのなら絶対に人目につきます。犯人たちの追跡ができなかったということは、荷馬車ごとどこかに隠れていることになります。保存がきくのでほとぼりが冷めてから売るのでしょうか？　自分たちで飲んでしまうつもりでしょうか？　どちらにしろ長期的に潜伏する場所が確保できていなければ無理です。それらすべてについて、私が気になるのは、やり方が上手すぎるという点です」

「上手すぎる……そう言われればそうだな」

「ただのならず者ではないような気がします。計画を立案し、それを実行に移す。とても統率が取れているのではないでしょうか」

「なるほど。つまりその者たちは、わが領地に害なす目的で入りこみ、計画的に事件を起こしているということだな」

「今後、もっと大きな事件が起こるかもしれません。いえ、確実に起こるでしょう」

断言したフィンレイにマーティンが顔色を悪くして「もうすぐ花祭りなのに」と悲痛な声で呟いた。

「その花祭りに乗じてなにかするつもりかもしれないですね。人出に紛れて街に火をつけられたら大変なことになりかねません」

「で、では、領外からの祭りの見物客を制限しましょう。そのうえで領兵の巡回をもっと増やして厳重な警備を――」

「待ってください。いまでもじゅうぶんに領兵たちは働いてくれています。これ以上は無理です。過度の労働は長続きしません。花祭りに向けて、まずは予備役の者を集めましょう。一時的にでも人手を増やします。領外からの見物客に関しては、制限するのはなかなか難しいのではないですか。すでに少数ですが客が入っています。いまさら追い出すことはできませんし、そんなことをしたら心証が悪くなるだけでなく、祭り後の商売にも影響が出ます」

フィンレイの言うことはもっともだ。商人である祖父の家で育っただけあり、フィンレイは規制を設けることの経済的損失も考えている。

「では、どうする?」

フレデリックは明確な打開策は思いついていないが、ならず者たちを裏で操っているなにかを調べる必要があると思っている。それが判明すれば光明が見えてくるのではないだろうか。警戒を強めて花祭りを無事に開催することができたとしても、ならず者たちが領内に潜伏しているかぎり平和は訪れないのだ。

「デリックに連絡を取ってもいいですか」

予想していた名前がフィンレイの口から出た。

デリックという男は、フィンレイの祖父と付き合いがある『なんでも屋』だ。人足屋から情報集め、潜入捜査まで、頼まれればなんでもやる器用な男だと聞いている。フレデリックは直接会ったことはない。けれど何度もこの男に助けられている。

実際にデリックに会ったギルバートの話では、おそらく三十代後半でこれといって特徴のない容貌をしており、フィンレイと会話をする様子から親戚の子供を案じるような親愛の情を感じたということだ。

デリックはフレデリックの敵ではない。けれどあまりにもフィンレイと親密で、有能すぎて、それが悔しかった。嫉妬心を抱くのは筋違いかもしれないが、フレデリックはフィンレイの一番の男でありたいと思っている。

しかしデリックは、フィンレイがとても頼りにしている男だ。フィンレイの祖父が昔から付き合っているのならば、依頼された仕事はかならず果たすという信頼があるのだろう。

「ならず者がどこから来たのか、裏で糸を引いているのはだれなのか、つきとめる必要があると思います。私はデリックに連絡を取り、その点を探ってもらいたいです」

元を絶たなければ事態は収束しないという考えは、ほぼフレデリックとおなじだった。

ならず者の集団にもいろいろある。食うに困った者たちが徒党を組んだだけのものや、そこそこ腕に自信のある男たちが報酬と引きかえに悪事も働くものなど。

後者の場合は依頼主がいるし、組織として統率が取れているだろう。悪事にも慣れていて、逃げ足が速いことも特徴だ。そして依頼主によって潜伏場所が確保されている可能性が高い。

「わかった。フィンレイはデリックに頼んでみてくれ」

領地の平和のために私情をぐっと抑え、さらにフィンレイをひとりの人間として尊重するためにも、フレデリックは頷いた。

「私は私で友人たちに手紙を書こう。貴族のあいだだけで囁かれている噂というものが存在するからな。デリックからは市井の情報を、私の友人たちからは貴族社会の情報を集めてみよう」

「それと、潜伏場所を探さなければなりません。領内の街や村に役人を派遣して、まずは空き家や空き倉庫などをあぶり出し、不審者が出入りしていないか調べさせてください。ならず者たちが何人なのかわかりません。統率がとれているのならば分散して潜伏している可能性もあります。なにかを発見した際には、深追いしないようにつけ加えておいてくださいね」

「わかりました」

方針が決定し、フィンレイが慌ただしく「またあとで」と執務室を去って行く。

終業時間は過ぎていたが、マーティンが各所に通達を出すために残っていた役人に指示をし、フレデリックはさっそく貴族の友人たちに手紙を書きはじめた。

◇

「フィンレイ、きれい！」

「すごーい、かわいい！」

双子のジェイとキースに手放しで褒められ、フィンレイは照れくさくなって俯いた。

「そうかな。ちょっと派手じゃない？」

「どうして？　きれいだからいいよ。おはなのようせいみたいでかわいい」

ジェイがきらきらとした目を向けてくる。キースは頬を紅潮させてぴょんぴょんと飛び跳ねた。

「そうですよ、フィンレイ様。花祭りの衣装はすこし派手に感じるくらいでちょうどいいのですから」

「とてもお似合いです」

ローリーと針子の女性にもそう言われてしまい、フィンレイは鏡にうつる自分をもう一度眺めた。白地に色とりどりの花々が描かれた生地で仕立てられたワンピースだ。もちろんフィンレイの体型にあわせて縫われたので、腰の部分はそれほど搾られていない。スカートの下に白いズボンを穿き、花祭りの当日は馬に乗る。

おなじ生地でフレデリックの衣装も仕立てられていて、となりの領主の部屋で仮縫い中だった。そこで扉を叩く音がして、「失礼します」と白金の髪をした若い男が入ってきた。

「ああ、なんて美しい衣装でしょう」

一目フィンレイを見るなり、感動したように両手を胸の前で握って声を上げる。ライアンの家庭教師、ライオネル・ランズウィックだ。榛色の瞳をジェイのように輝かせて歩み寄ってくる。

「お忙しいところをお邪魔してすみません。どうしてもフィンレイ様の衣装を見てみたくて……。ああ、フレデリック様の衣装とお揃いなのですね。素晴らしいです。華やかでも品があって――花祭りが楽しみでなりません」

ランズウィックは踊り出しそうな足取りでフィンレイのまわりをくるくるとまわり、衣装をじっくりと観賞している。やっていることは本当に六歳の双子と変わらない。これでも優秀な家庭教師なのだから、変わっている。

「フレデリックの仮縫いも覗いてきたのですか？」

「はい、素晴らしかったです」

ランズウィックはやや上を向いて目を閉じ、言葉を尽くしてフレデリックを称賛しはじめた。

「フレデリック様は手足がすらりと長いですし、しっかりと胸板もありますから、どんな衣装でも着こなしてしまいますね。気品の塊のようなお顔に、この大胆な花柄がよく映えて、圧倒的な美というものを表現していらっしゃいました。内面の聡明さが抑えきれずに滲み出ているのでしょう。ギルモアにお願いして昨年の衣装も見せてもらったのですが、そちらも素晴らしかった。ああ、私はなぜ王都に生まれたのでしょう。このディンズデール地方領で生を受けていれば、フレデリック様の神々しいまでの勇姿を毎年見ることができていたのに！」

まるで歌劇の役者のように語っている。フィンレイはローリーと顔を見合わせて苦笑いした。

「先生、ライアンの勉強は小休止中ですか？　そろそろお茶の時間ですけど」

「ああ、はい、そうです」

「ではいっしょにお茶でもどうですか」

「ありがとうございます」

誘うと、ランズウィックはたいてい断らない。家庭教師先の家族とはできるだけ交流をはかり親しくするのが、彼のやり方なのかもしれない。

フィンレイはランズウィックを嫌いではない。フレデリックを崇拝しすぎて接近しすぎるきらいはあるが、その点を除けば裏表のない善良な人だった。ライアンに聞くと、授業はわかりやすくて高圧的なところはなく、とても丁寧だという。家庭教師としては優秀なのだから、いちいち嫉妬している場合ではないとわかっていた。

「天気がいいので、中庭に行きましょう」

フィンレイとランズウィック、双子の四人は、中庭の東屋でお茶の時間を楽しんだ。

ライアンはこの空き時間に楽器の練習をするつもりだったらしく、声をかけたが来なかった。フレデリックは仮縫いのあとすぐ役場に戻って執務だ。花祭りが近いし事件のあれこれで、とても忙しそうだった。

けれど以前とちがい、捜査の状況などをフィンレイにも報告してくれるので、疎外された感じはしない。自分なりの意見を出すこともできている。

いまはデリックからの返事待ちをしているところだった。彼のことだから、きっと有益な情報を掴んで教えてくれるだろう。

「花祭りの時期にこの地にいられて、幸運です。見物に来たことがある知人に話を聞いて、一度でいいから見てみたいと思っていたので」

ランズウィックは『フレデリック大好き』が高じて、ディンズデール地方領も大好きになってくれたらしい。ことのほか花祭りを楽しみにしていた。

「私もまだ三度目です。毎年、領民たちが趣向をこらした花の飾り方をするので、あたらしい驚きがあるんですよ。とてもわくわくしています」

「ぼくもみにいくんだよ」

「たのしみー」

ジェイとキースもにこにこ笑顔だ。フレデリックとフィンレイが騎乗して街を練り歩いているあいだ、毎年ライアンと双子の三人は城の使用人と領兵たちに警護されながら、城下街の広場へ遊びに行く。

笑顔でクッキーを食べている双子に向けた顔を、フィンレイはふと曇らせる。

領内で事件を起こしたならず者たちの行方はいまだに掴めておらず、目的もまだわかっていない。

花祭りに子供たちを参加させるかどうか、フレデリックはたぶんぎりぎりまで悩むだろう。危険がないと判断できるほどの条件が揃えばいいのだが、いまの段階では難しいかもしれない。

「この領地は本当にいいところですね」

なにも知らないランズウィックも屈託ない笑顔を見せる。フィンレイはぎこちない笑みを隠すために、カップを口元に運んだ。

その翌々日のことだった。デリックの返事を待っていたフィンレイのもとに、なんとデリック本人が訪ねてきたのだ。

家族そろって朝食をとったあとフレデリックを送り出し、子供部屋でジェイとキースに絵本を読んであげているときだった。ギルモアから来客を知らされたフィンレイはナニーに双子を任せ、廊下へ出た。

「応接室に通しました」

「応接室？」

ギルモアがデリックを一階の正面玄関横の応接室に通したと言うので、軽く驚いた。彼は地位のない平民で、以前にもフレデリックの危機を知らせるために訪ねてきてくれたことがあるが、裏の通用口からだった。そのときギルモアはデリックを通用口の外に立ったまま待たせていた。

　フィンレイの表情から察したのか、ギルモアが説明してくれる。

「デリックは一年半前、旦那様の危機を知らせてくれました。王都のギルバートからも、昨年末の優秀な働きぶりは聞いております。今回もフィンレイ様のご依頼を受けての訪問でしょう。大切な味方ですので」

　そう言ってくれたので、フィンレイは「ありがとう」と感謝した。

　応接室に入っていくと、学者風の身なりをした男が居心地悪そうにソファの横に立っていた。一瞬、だれかと思ったら、デリックだった。

　薄茶の上着とズボン、細いリボンタイは焦茶で、右手に漆塗り(うるしぬ)の洒落(しゃれ)たステッキを持っている。口髭(くちひげ)をたくわえていて、平民の知識階級に属する中年男性にしか見えなかった。

　デリックは会うたびにさまざまな職業、階級、民族に扮している。これといって特徴のない容貌をしているから、会った人間はデリックをその服装で記憶してしまう。素晴らしい変装術だ。

「デリック、わざわざ遠くまで来てくれてありがとう」

「フィンレイ殿下、おひさしぶりです。お元気そうですね」

「僕は元気だよ。さあ、座って」

　フィンレイが勧めると、デリックはおっかなびっくりといった感じで腰を下ろした。

「こんなに上等な椅子に俺なんかが座って、いいんでしょうかね」

「なにを言っているの」

フィンレイが思わず笑うと、デリックは情けない顔になる。

「なんだかわからないうちにこの部屋に通されて、ディンズデール家の執事さんは正気ですか」

「ギルモアはデリックの働きを評価してここに通したと言っていたから、正気を疑わないであげて」

そこにローリーがお茶を運んできた。丁寧にデリックの前に茶器を並べ、会釈する。

「わたくし、家政婦長のローリーと申します。以後、お見知りおきを」

自己紹介までして退室していった。珍しいことだ。どうやらディンズデール家の使用人たちは、デリックを完全に身内と判断したらしい。

お茶で喉を潤してから、フィンレイは切り出した。

「それで、手紙ではなくわざわざデリック本人がここまで来たということは、なにか重要なことが掴めたの？」

デリックは頷いてから、ぐっと身を乗り出してきた。フィンレイも上体を倒し、テーブルを挟んで顔を寄せ合う。

「ディンズデール地方領での異変について、あれからなにかありましたか？」

「小火がまた起きた。領内の南の方で二件。放火だと思われるが、犯人のメドはついていない。逃げ足が速くて」

「それ以外には？」

「また子牛が盗まれた」

なるほど、とデリックがいったん黙りこむ。

「フィンレイ殿下のご依頼は、こちらの領地に潜伏しているであろう『ならず者たちに関する情報』でしたね。そのならず者たちかどうかは不明ですが、一カ月ほど前に王都で荒っぽい仕事を請け負う集団を探す者がいたそうです」

「荒っぽい仕事……」

「仕事の内容はその時点で明かされていませんでした。期間は馬で五日以上、馬車では十日ほどかかる離れた土地に滞在して、解放されるのは早くとも一カ月後とだけ。いくら報酬がよくとも、二の足を踏む奴は多かったようです。汚れ仕事が終わったあとに口封じで消されるなんてことは、まあ少なくないですからね。王都から離れれば離れるほど、男たちの行方なんてうやむやになる。しかし金につられて引き受けた集団がいました」

「いたのか」

「『朱い狼』と名乗る一味です」

「朱い狼……？」

市井で暮らしていたフィンレイだが、聞いたことがない名前だった。

どんな街にもならず者の集団というのは自然発生する。王都のように古くて大きな街ならばなおさらだ。そうした集団の中には、歴史があり住民と結びついてうまく継続していくものもあれば、乱暴で問題ばかり起こしている鼻つまみ者たちもいる。

フィンレイはそうした集団の名前をいくつか知っていたが、『朱い狼』なんて初耳だ。

「なに、格好つけてそれらしい名前をつけただけの新参のならず者の集まりです。俺が噂で聞くようになってから、まだ二年たっていません。殿下がこちらに輿入れしたころに結成されたようなので聞いたことがなかったんでしょう。『朱い狼』の人数は、若干増えたり減ったりはしているようですが、だいたい二十名前後。頭(かしら)の名前はセオドール、セオと呼ばれている体の大きな男です。奴らの平均年齢は若く、二十歳そこそこ。おしなべて貧しい家の出身で、世の中に反抗して徒党を組んでいる。まともに働くことをしない、どうしようもない奴らですよ。ただ、兵士くずれが何人かいて、短銃を扱えるそうです」

「短銃か」

荷馬車を襲った者たちの中に、短銃を所持していた男がいたという証言がある。

「若くて世を拗ねている奴らってのは単純でもあるから、自分たちよりも個性的で強力な指導者が現われると尊敬心がわき、行儀よく従うことがあります。もし、この『朱い狼』を雇った者が奴らを従えるほどの度量があり冷静に計画をたてられる能力を持っていたとしたら、今回この地で起こっているような事件を、見つかることなく果たすのは容易だろうと思います」

「そうだね……」

「残念なことに、『朱い狼』を雇った人物の特定には至りませんでした。おそらく何人も仲介人が入っていて、簡単には大本にたどり着けないようにしてあるんでしょう」

デリックは冷めはじめたお茶をぐっと飲み、「それで」と話を続ける。

「俺は王都からディンズデール地方領へ向かいながら、途中の宿場町で『朱い狼』と思われるならず者たちの目撃者を探しました。軍隊でもない商隊でもない二十人ほどの集団が一度に宿場町に現われたら目立ちすぎますが、毎晩野宿というわけにはいかないでしょう。真夏ならまだしも、まだ寒い夜もある季節ですからね。三つか四つの班に分かれて安宿に泊まるのではないかと思いました」

さすがデリックだ。王都からここまでの移動にも目をつけるなんて。

「目撃者はいたのか」

「いましたよ」

不敵に笑い、デリックは空になったカップに自分でポットからお茶を注いだ。

「じつは『朱い狼』の男たちは、体のどこかにおなじ図案の朱い入れ墨をしているという話がありまして。それがいったいどんな図案かはわからなかったのですが、着替えのときや共同の浴場に入ったときなど、だれか見かけていないかと安宿の使用人や長逗留をしている行商人たちに聞いて回りました。見た者がいました」

「朱い入れ墨か」

「安宿の使用人が、荒んだ雰囲気の若い男が着替えているところを偶然見たそうです。臀部の上あたりに、朱い入れ墨があったと」

「どんな図案だったの？」

「はっきりしません。夜だったし一瞬で隠されたみたいで。パッと見て傷から血が出ているのかとギョッとしたらしいですよ。あとで、あれは入れ墨なんじゃないかと思ったそうで」

デリックが冷めたお茶をぐっと飲み干した。

「お代わりいる？」

「いえ、もうじゅうぶんいただきました。さすが上等な茶葉を使っていますね。とても美味しかったです」

デリックはひとつ息をつくと、話を続けた。

「奴らはディンズデール地方領に向かっていました。それは確実です。ただ、ここより先の宿場町には聞きこみに行っていません。この地に留まっているのか、それとも通り過ぎたのかはわかりません」

「すぐに人をやって調べさせよう」

フィンレイは立ち上がり、ギルモアを呼ぼうとした。役場からだれか役人を呼んでもらおうとしたのだ。しかし、それよりももっと効率のいい方法を思いつく。

「デリック、このあとの予定はあるの？　すぐに王都に戻って、つぎの仕事が待っているとか」

「いや、それはないですが……」

「じゃあ、いまから役場へ行って、フレデリックにいまの話をしてくれないかな。その方が早いから」

「俺が領主様に直接？」

デリックが酸っぱいものを食べてしまったような顔になる。

「なにか不都合でもあるの？」

「いや、特にはないですけど……」

「だったらいいじゃない。さあ、行こう」

デリックを促して応接室を出る。

「ずっと可愛がっていた子の旦那に会うっていうのは、なんかこう、いたたまれないというか、あんまり喜ばしくないというか――」

「え？　なに？」

後ろをついてくるデリックがなにかぶつぶつと呟いている。話しかけられているのかと振り向いたが、デリックは「なんでもありません」と苦笑いした。王都から『朱い狼』の足取りを追いながら旅をしてきたところだ。デリックは疲れているのかもしれない。

「ごめんね、疲れているところを。話が終わったらゆっくり休んで。客間を使えるようにするから」

「客間ですか？　そんな大層なところは恐れ多くて使えませんよ。俺は使用人部屋の隅っこにでも座らせてもらえたら、それでじゅうぶんなんで」

「なに言ってるの。デリックは僕の大切な協力者で、今日は城のお客なんだよ。絶対に客間を使ってもらうからね」

「俺はただの情報屋ですよ」

「ちがうって」

「ちがいません」

そんな言い合いをしているうちに役場への通路までたどり着き、警備をしている領兵にデリックを「友人なので通します」と紹介した。役場の区域へと入る。

「いまは僕と一緒なので通してくれたけど、一人のときは通してもらえないと思っていて」

「わかりました。外側から回りこんで役場の出入り口から行けばいいんですね？」

「そう」

居住区とはちがい役場の内部は簡素な造りになっている。忙しそうに立ち働く役人たちがフィンレイに気づき、会釈してきた。そして物珍しそうにデリックを眺めている。

執務室に行き、扉を叩いた。「フィンレイです」と声を出しながら扉を開ける。

「フィンレイ」

執務机からにっこりと笑いかけてくる夫に、フィンレイも笑顔を返した。その横にいたマーティンは「こんにちは」と会釈してくる。

「会ってもらいたい人がいるから、連れてきました」

扉を大きく開け、デリックに入室を促す。そろりと中に入ったデリックに、フレデリックとマーティンは「誰だろう？」といった目を向ける。けれどフレデリックはすぐに立ち上がり、机を回りこんできた。相手が平民だろうと、フィンレイがわざわざここまで連れてきた人物に敬意を払うためだ。

「フレデリック、こちらはデリック。私の協力者です」

フィンレイの紹介に、フレデリックが目を見張った。何度もデリックの情報には助けられてきたフレデリックだが、直接会うのははじめてのはずだ。

「あなたが……」

しばし絶句したように黙ってしまったフレデリックに、デリックが頭を下げる。

「はじめまして、領主様。デリックといいます。姓を名乗るのは勘弁してください」

「ああ、いや、それはかまわない。はじめまして。私はディンズデール地方領の領主、フレデリック・ディンズデールだ。フィンレイがあなたに情報収集を依頼したのは知っている。わざわざ王都から来てくれたのか。ご苦労だった」

「ことがことなので手紙よりも自分の口で伝えた方がいいと判断したまでです。それに道中、調べたいこともあったので」

「私の依頼に関して、デリックは信憑性の高い話を運んできてくれました。私が彼から聞いたことを口頭で二人に伝えるよりも、本人が話した方が齟齬が生じませんし、早いと思ってここに連れてきました」

フィンレイがそう説明すると、フレデリックとマーティンは同意するように頷いてくれた。執務机の前にはソファセットがある。そこに移動して、フィンレイはデリックにもう一度さっきの話を繰り返してもらった。

「『朱い狼』か……。そして朱い入れ墨……」

「そのならず者の集団を雇った人物の特定ができなかったということですが——」

マーティンがちらりとフレデリックに視線を送る。フレデリックは胸の前で腕を組み、しばし考えこんだ。なにか思い当たることがあるようだ。

「じつは、私が情報提供を頼んだ友人たちから返事が届きはじめている。王都に住む貴族階級の者たちだ。その中で、まことしやかに囁かれている話があるそうだ」

「それはいったいどんな？」

尋ねたフィンレイに、フレデリックが重々しく告げた。

「ディミトリアス殿下が、私を逆恨みして報復しようと画策している、というものだ」

えっ、とフィンレイは息を呑んだ。

ディミトリアスが、みずからの悪行の責任を取らされて王都を追放されたのは年明けだった。それから三カ月ほどが過ぎている。不当に貯えた財産を没収され、妻子とともに地方の離宮に移り住んだはず。

第一王子ウィルフが追放されたときとはちがい、ディミトリアスには監視がついたと聞いている。それほど彼の行いは悪質で、ただ地方に追いやっただけでおとなしく反省するとは思えなかったのだろう。

「地方に追いやられたとはいえ、王都から馬車で十四日ほどの距離だ。ディミトリアス殿下の信奉者が入れ替わり立ち替わり、無聊（ぶりょう）を慰めるために会いに行っているらしい。その者たちを相手に、いろいろと野望を語っているそうだ」

「野望？」

「ジェラルド国王が亡くなれば、新王太子アーネスト殿下が即位する。そうなればディミトリアス殿下は中央に返り咲くつもりなのだろう。たしかに国王以外、ディミトリアス殿下を抑えつけることができる者はいない」

国王の体調は、いまのところ安定していると聞く。前王太子アンドレアの落馬事故に衝撃を受けて寝付いたが、回復しているようだ。まだ五十九歳だし、いますぐ代替わりする事態にはならないだろうが、新王太子のアーネストがまだ十八歳でディミトリアスより十六歳も年下なのは変わらない。ディミトリアスはアーネストを侮っているのだろう。

「そのディミトリアス殿下の信奉者たちが、王都に戻ってから仲間内で話しているのを、私の知人が小耳に挟んだのだ。自分を都落ちさせて貧乏暮らしを強いる原因をつくったのはフレデリック・ディンズデールだと、恨みを晴らしてやる、と」

「なんてこと」

フィンレイは憤りを隠せなかった。フレデリックがディミトリアスを陥れたわけではない。それまでの悪行が明るみに出ただけだ。しかも、フレデリックの暗殺を企てたことが国王の逆鱗に触れたのに、また性懲りもなく復讐を考えるなんて。

「いつかディンズデールに仕返ししてやると息巻いているらしい。口だけならなんとでも言える。だが、もしディミトリアス殿下が本気で私に危害を加えようとしているのなら、『朱い狼』の雇い主は殿下かもしれない」

ディミトリアスの粗暴さをよく知るだけに、仕返し話が口だけとは思えなかった。

財産を没収されたとはいえ、食うに困るほどではないはずだ。ならず者を雇うくらいの余裕はあるだろう。

「ディミトリアスは国王陛下の命により、生活を監視されているはずです。その監視の目を盗んで、外部の協力者と連絡を取り、ならず者を雇ったり指示を出したりしているということでしょうか」

「ディミトリアス殿下が首謀者なら、そうなのだろう。じつはアーネスト王太子殿下が、ディミトリアス殿下の近況を調べてくださっている」

アーネストにとってフレデリックは恩人だ。その身を案じてくれていると知り、心強く感じた。

「フレデリック、これからどうするつもりですか」

「私が狙われているのならば、もちろん迎え撃つ準備をしたい。逃げも隠れもしない。私はなにも悪いことをしていないからな。私ひとりが標的なら堂々としているつもりだ。だが、領民に危害を加えられては困る。花祭りは十日後だ」

フレデリックの眉間にぐっと皺が寄る。ここのところそんな表情ばかりをしているので、深い皺がそのまま眉間に刻みこまれて痕になってしまいそうだった。

「花祭りの警備は人手をさらに増やしましょう。いまさら祭り自体を中止にすることはできません。けれど、フレデリック様、今年の花祭りは表に出られない方がいいのでは」

マーティンが苦渋の滲んだ声音でそう意見した。

「領民の面前で、領主の身にもしものことがあったら大変です。大混乱を招くだけでなく、その後の領政にも大きく関わってきます。取りやめの理由など、どうとでも作ればいいでしょう。当日の朝、体調を崩したとふれを出せばすむ話です」

「それでは暴力の脅しに屈したことになる」

「いいえ、そうはなりません。いまあなたは、逃げも隠れもしない、堂々としているつもりだと言いました。その崇高な精神を、私は尊敬します。あなたのその強さを、私は知っています。けれど、フレデリック様のお体は我々にとって大切なのです。先代領主は急な病により四十代の若さで亡くなられました。二代続けて領主を早くに亡くすのは、なんとしてでも避けたいというのが領民の願いです」

マーティンの気持ちは痛いほどよくわかる。けれど見えない脅しに屈したくないというフレデリックの気持ちも、フィンレイは理解できた。

もしならず者を雇ったのがディミトリアスで、ディンズデール地方領に嫌がらせをするために派遣したのだとしたら。そして最終的にはフレデリックを害するのが目的だとしたら――。

花祭りは格好の機会になる。領民たちは浮かれて警戒心などなくなるだろうし、領主夫妻は騎乗して練り歩く。標的にしてくださいと言わんばかりだ。

過去に二度もフレデリックは命を狙われた。どちらもフィンレイが駆けつけて事なきを得たが、毎回うまくいくとは限らない。愛する夫が凶弾に倒れたらと想像するだけで、フィンレイは目の前が真っ暗になってしまう。

「すみません、いくつか質問してもいいですか」

デリックが口を挟んできた。

「その十日後の花祭りで、領主様は人前に出る予定なんですね？　どんなかたちで出るんですか？」

「領主夫妻は着飾って馬に乗り、城下街を練り歩きます。各地区の広場にはそれぞれの住民たちによって花が飾られているので、日のあるうちにぐるりと回って観賞していくのが恒例となっています」

マーティンの説明に、デリックが「ふむ」と頷く。俯いて考えこむ様子は学者にしか見えなかった。本職は情報屋で平民のデリックなのだが、その佇まいから妙な説得力を醸し出していて、マーティンはすっかり有識者に意見を聞くような姿勢になっている。

「なるほど、たしかに領主様が標的にされやすい行事ですね。補佐役殿が回避したいと主張するのはわかります」

「わかってくれますか」

「ですが、領主様はできるなら例年通り参加したいのですね」

「そうだ」

フレデリックが重々しく頷く。

「現時点で、この領内で起こっているいくつかの事件が、なにを目的にしてだれが主導しているのかわかっていません。領主様の命が狙われているかもしれないのも、いまのところ我々の推測でしかない。領主様が花祭りの参加を控えたくないという気持ちはわかりますし、いま決めてしまうのは早計だと思います」

「ですが……」

マーティンがさらに言い募ろうとしたのを、デリックが「道順は、毎年おなじなんですか?」と尋ねて制した。

「道順?」

「城下街を練り歩くときの道順です」

「毎年まるきりおなじではありませんが、だいたい辿る道順は似通っています。城下街をくまなく回るには、効率のいい動線というものがありますから」

「でしたら、今年はそれに変化をつけましょう。時間も短縮した方がいいですね。そして、その道順は当日まで極秘にします。これだけでずいぶん危険度が下がります」

「なるほど」

マーティンが感心して手を打つ。

「領兵には、ならず者たちの潜伏場所を探すように命じていますね? 祭りまでになんとか見つけることができれば、領主様は心置きなく参加できます。微力ながら、私も協力いたしましょう」

デリックはこのまま領内に留まり、領兵とともにならず者の捜索に加わってくれることになった。一人でも人手が増えてくれるのはありがたい。

「では、領兵の詰所に案内します」

マーティンがデリックを促し、席を立つ。

「ありがとう、デリック」

心からのお礼を言うと、手にしたステッキを軽く振って微笑み、デリックは執務室を出て行った。

「フィンレイ、話がある」

フレデリックと二人きりになった。振り向いたフィンレイに、フレデリックが真剣な顔で「花祭りのことだ」と切り出す。

「練り歩くのは私だけにしよう。フィンレイと子供たちは城で待っていてほしい。なにが起こるかわからないから――」

「いやです」

きっぱりと拒絶した。困った顔になったフレデリックを、フィンレイは泣きそうになりながら睨みつける。

「私はあなたといっしょに行きます。怖くなんかありません。私の知らないところでフレデリックが倒れることの方が、ずっとずっと怖いです」

「フィンレイ……」

「いざとなったら、あなたの盾になるつもりです」

本気でそう言ったら、フレデリックが目を吊り上げた。

「やめてくれ。冗談でもそんなことは言うな。あなたに身を挺して守られて、私が喜ぶと思っているのか」

「でも私よりも領主であるフレデリックの命の方が大切です」

「どちらがどう大切なのか、そういう話をいましているわけではない」

「いいえ、そういう話です。あなたはこの地を治める領主です。さっきマーティンも言っていたではないですか。二代続けて領主を早死にさせたくないと」

「私は早死にするつもりはない」

「ですから私が守ります。花祭りの日は、あなたのそばから離れません」

「私はあなたには安全な場所にいてほしいのだ」

「いやです。私はあなたを守りたい。絶対に殺させない」

「フィンレイ」

フレデリックが途方に暮れた表情になっている。聞き分けのない妻に、ほとほと困っているという態だ。

夫を困らせているのはわかっていても、ここは譲れなかった。

「フレデリック、私はあなたの妻です。伴侶です。生きるときも死ぬときもいっしょにいたいのです。私だけを安全な場所に置いて、それでどうして夫婦と言えるでしょうか」

ぐっと熱いものが喉元までこみ上げてくる。感情が高ぶりすぎたのか、目の奥も熱くなってきて瞳が潤んできた。

「いっしょに危機に立ち向かっていこうと言ってください。祭り当日の道順はよくよく考えて、万全を期しましょう。私はあなたのそばにいます。なにがあっても離れたくありません。あなたを守らせてください。お願いします」

フィンレイはフレデリックに抱きついた。

「お願い。私を遠ざけないで。そばにいさせて」

「フィンレイ」

フレデリックの逞しい腕がフィンレイを抱きしめた。ぐっと苦しいほどに抱擁され、フィンレイは目を閉じる。涙が頬を伝った。

「そうだな、私たちは二人でひとつだ。離れてはいけない」

「フレデリック……」

「なにか起こったら、そのときはそのときだ」

「絶対に守ります」

「その身を盾にするのだけはやめてくれるか」

「わかりました。約束します」

「ありがとう」

フィンレイが泣きながら顔を上げると、そっと唇が重なってきた。

フレデリックから『朱い狼』の情報を聞いた翌日、フレデリックは書斎に子供たちを呼んだ。

領主が代々引き継いできた重厚な造りの机を挟んで、ライアン、ジェイとキースを並ばせ、対峙する。子供たちの斜め後ろにはフィンレイが見守るようにして立った。

ライアンは落ち着いた表情をしているが、ジェイとキースの双子は不安げな目で肩を寄せ合い、おどおどと書斎を見回している。フレデリックの記憶に間違いなければ、二人は書斎に入るのははじめてだ。

置かれている家具はすべて骨董的な価値があるものだし、貴重な書類が保管された棚もある。まだ六歳の双子は入室を禁じられていた。フレデリックが出入りするときに、ちらりと室内の様子を窺ったことがあるていどだろう。

「おまえたちを呼んだのはほかでもない、花祭りについてだ」

フレデリックはいままで子供たちには話さないでいた領内の異変について、淡々と説明した。ジェイとキースには、ところどころ理解ができない言葉があったかもしれないが、黙って聞いている。やんちゃが過ぎて育てるのは大変な二人だったが、彼らなりにすこしずつ成長しているようだ。

「今年の花祭りでは、予測できない事態が起こる可能性が高い。非常に危険なので、おまえたちは参加を見送ってほしい。私とフィンレイが戻るまで、城でおとなしく待っていてくれ」

ライアンは厳しい顔で従順に「はい」と頷いたが、ジェイとキースは「えっ？」と目を丸くした。

「み、みおくる、ってなに？　おしろでまっているってことなの？」

「おはなのかざりを、みにいっちゃいけないの？」

おろおろと二人はうろたえ、フィンレイを振り返る。苦笑いしたフィンレイが、「残念だけど……」と肯定する。とたんに二人は涙目になった。

「たのしみにしてたのにぃ」

「いきたいようぅ」

「まってるだけなんて、いやだぁ」

「いやだようぅ」

泣きながらフィンレイに縋りついた。よしよしとフィンレイに優しく頭を撫でられても泣き止まない双子の姿に、フレデリックは心を痛める。子供たちが花祭りをとても楽しみにしていたことくらい知っていた。それほど春の訪れは喜びなのだ。

けれど、今年だけはしかたがない。自分たちはまだしも、子供たちをわざわざ危険に晒すわけにはいかない。

ジェイとキースが最初から聞き分けてくれるとは楽観していなかったので、これから祭りの日まで何度も説明し、当日はナニーだけでなく使用人たちに命じて城から抜け出さないように厳重に子守りをしてもらうつもりだ。

「叔父上は、フィンレイと例年通りに練り歩くのですか」

ライアンはこのところの異変を知らなかったはずだが、なんとなくフレデリックとフィンレイの様子から察するものがあったようだ。特段、驚いてはおらず、すでに半分大人になっている落ち着きが感じられた。

「じゅうぶん注意するから、心配しなくていい」

微笑んで答えたが、祭り当日は子供たちの外出を禁じるくらい危険があるのだ。ライアンはぐっと口を引き結んだ。

フレデリックになにかがあったときは、ライアンが領主を継ぐことになる。まだ十一歳だ。それでも領主家の血筋に生まれた以上、受け継いでいく義務があった。

「ライアン、祭りの日は、ジェイとキースを頼む」

「わかっています。できるだけ、僕が二人といっしょにいるようにします」

頼もしい言葉に、フレデリックは頷いた。

子供たちをフィンレイに任せ、フレデリックは役場の執務室に戻った。

待っていたマーティンが気遣わしげな口調で尋ねてくる。

「お子様たちのご様子はどうでしたか」

「ライアンは大丈夫だ。しっかりと現実を受け止め、花祭り当日はおとなしくしていると約束してくれた。だが双子の方は……泣かれたよ」

「でしょうね。毎年、とても楽しみにしていましたから」

ため息まじりにマーティンが地図を見下ろす。

執務室の会議用テーブルには、領内の地図が広げられたままになっていた。

領内各地を調査させているため、その報告が続々と届いている。ならず者の集団『朱い狼』の潜伏先はまだ掴めていないが、問題なしと確認された地域がどんどん増えていっていた。しかし。

「なかなか潜伏先がわからないな……」

「そうですね。ですが、かなり地域が絞られてきました。花祭りの日には間に合わないかもしれませんが、奴らはそうとう動きにくくなっているはずです」

領民たちの協力もあり、主な街や村の捜索はほぼ終わっている。その中で『朱い狼』らしき余所者は検挙されなかった。もしかして火事などの事件を起こすために分散して街に身を隠していたかもしれないが、こちらの動きを察知して人里離れた土地へ逃げていったのかもしれない。そうだとしたら、この大規模な調査は効果的だったということになる。

地図を見下ろして二人とも黙りこんだとき、扉が廊下側から叩かれた。

「失礼します」

四十代半ばのがっしりした体格の男が入室してくる。鍔（つば）の短い帽子を外した頭は、白髪まじりの茶褐色の短髪だ。領兵の隊長であるアボットだった。

「失礼します」

アボットに続いてデリックも入ってきた。領兵の制服を着たデリックは、アボットの相棒のように馴染んでいる。たった数日でここまで違和感なく溶けこんでいられるのは、間諜の仕事も請け負うデリックの技なのかもしれない。

悔しいことに、デリックは有能だった。二度も危機を救われているのだから有能だとわかっていたが、それをいま間近で見せつけられている。

アボットは領民からの信頼が篤い隊長だ。しかし実戦経験は二十年も前の傭兵時代の数度きり。平和なディンズデール地方領に長く暮らすうちに勘が鈍ったと自覚しており、今回はデリックの分析力と判断力を頼りにしているようだ。フレデリックはそれに関して口を出すつもりはない。現場には現場の都合があるからだ。

しかし、すこし面白くない。フィンレイと強固な信頼関係を築いている男に対して、どうしてもモヤモヤとしたものを抱えてしまう。無能なら歯牙にもかけないでいられるのに、なまじ有能なだけに無視できない。

領地の非常事態なのに、くだらないことで悩む自分がいやだ。けれど理性だけですべての感情が抑えられるものではない。

（これではランズウィック卿に嫉妬するフィンレイを笑えないな……）

ついこぼれそうになってしまうため息を、こっそり飲みこむ。

もう二度とフィンレイを悲しませない、泣かせないと誓ったのだ。こっそり嫉妬するくらいなら許されるだろうが、それを表に出してはいけない。

気を引き締めなおして、アボットの後ろに立つデリックを見た。

「では花祭り当日の道順について」

マーティンが進行役になり、地図を囲んでの会議がはじまる。

フレデリックとフィンレイが城下街を練り歩く道順は、まだ決定していない。日々の調査報告によっても状況が変わるし、万が一、道順が外部に漏れてはいけないので、あえてぎりぎりまで決定しなくてもいいというデリックの案を採用していた。

それでも何案かには道順を絞る必要があるため、こうして会議を重ねている。

「この第一案の道を歩いてみたのですが、この建物を封鎖しなければなりません。三階の窓から通りがよく見えます。はめ殺しの窓ではなく開閉が自由なので、銃で狙われる可能性がありますね」

デリックの発言に、アボットが渋い顔になった。

「その建物は封鎖できないぞ。花祭りにかなりの寄付をしてくれた商人の持ち物で、見物客のために開放される予定だ。事情を説明できないかぎり無理だろう」

領主の命が狙われているかもしれないという話は、領民に知らされていない。

「では、第一案からこの道は外しましょう」

「実際に道を歩いてみたのか?」

「地図上ではわからないことがありますから、現場を見てみるのが一番です」

さらっと答えるデリックが、いかにも出来る男っぽくてフレデリックはぐっと奥歯を噛みしめた。その後、第二案、第三案と検討していき、時間がなくなったので話し合いの続きはまた後日となった。

「領兵のひとりから地下道があると聞いたのですが、その対策はすでに取られていますか。詳細な地図かなにかあるなら俺にも見せてほしいです」

デリックがそんなことを言い出して、一同は「え?」と固まった。

「地下道? そんなもの——」

首を捻ったマーティンに、フレデリックはハッと息を呑んだ。

「使われなくなった地下水路がある」

「ああ、ありましたね！」

この街の歴史は古く、現在は使われなくなった地下水路が部分的に残っているはずだ。石を組んだ構造で、あたらしい水路を造るときに壊されて埋められたところもあるため、いまはすべてが繋がっているわけではない。

人が立って歩けるほどの主水路から、子供が腹這いでなら進めるていどの狭い水路へ木の枝のように広がっていたはず。敷設（ふせつ）から二百年くらいはたっているだろう。

「家の地下にたまたま見つけた石組みの空間を、倉庫代わりに使っているという話を小耳に挟んだんです。くわしく聞き出したら、たぶん昔の秘密の地下道なんじゃないかと言うので」

デリックの話に、マーティンが慌てた。公共施設の管理は役場の仕事だからだ。たとえ現在は使われていない二百年前の水路だとしても、勝手に倉庫にしていいものではない。

「倉庫として使えるくらいに空間があるものなら、『朱い狼』の一味が隠れることができるかもしれません。その水路の詳細な地図はないんですね？」

マーティンは青くなって「すぐに当時の書類を探します」と執務室を出て行った。

その後、マーティンは腹心の部下とともに徹夜で書類の保管室をあさり、地下水路の地図を探し出した。翌日から領兵だけでなく役人たちも総動員で、遺跡のような地下水路を確認して回った。

その結果、勝手に倉庫にしていた領民がいただけでなく、そこを住処にしている浮浪者がいることも発見した。十数人にのぼる浮浪者を一人残らず連行し、朱い入れ墨を確認するため、健康診断と称して服を脱がせた。

裸になることを抵抗した若い男の左胸には、朱い入れ墨があった。もう一人、右の二の腕に入れ墨がある男が見つかり、短銃を隠し持っていたこともわかった。

二人の入れ墨の図案はおなじだった。狼と思われる獣が吠えているような横顔。『朱い狼』の一味が体のどこかに入れているという入れ墨の図案が、やっと判明した。

それ以外の浮浪者たちも、花祭りが終わるまで牢に入れておくこととなった。ひとりひとりの身元を洗っている時間がなかったからだ。花祭りのあとに役人が一人ずつ面談を行い、健康に問題がなければ職業を斡旋(あっせん)し、病気であれば療養院に入院させることになっている。

「さすがデリックだ。領兵のちょっとした雑談を気に留め、ここまでの結果を出すとは」

執務室に呼び出したデリックを、アボットがいささか興奮した感じで褒めた。

「私からも礼を言おう。デリック、よく気づいてくれた。昔の地下水路のことなど、私もマーティンもすっかり記憶から消していた」

フレデリックも最大限の感謝を示した。デリックは「それほどのことでは」と控えめな態度だ。余所者だからこそ、デリックは見聞きしたすべての事柄に疑問を持つことができたのだろう。

デリックをフィンレイが引き留めてくれたおかげだ。いつまでデリックがこの地に留まってくれるかわからないが、王都に戻るときは謝礼をはずもうと決める。

「しかし、『朱い狼』はどうやって古の地下水路を知ったのだ？」

「俺のように地元民との雑談から仕入れたのかもしれませんよ」

そうかもしれない。

その日、城の居住区に戻ったフレデリックはフィンレイを絶賛した。

「あなたの目は確かだ。デリックさえよければ、このまま雇い入れたいところだが」

「たぶんそれは無理だと思います。彼はなによりも自由を愛する人なので」

「だろうね」

「でも彼の力が必要なときは連絡を取ればいいいんです。時間の都合さえつけば、引き受けてくれますよ」

フィンレイの誇らしげな笑顔に、フレデリックはもう嫉妬心など抱かなかった。

◇

花祭りの日がやってきた。

祭りは三日間続く。その初日に、領主夫妻は花冠をつけた馬に乗り、城下街を練り歩くことになっている。

この日のために新調した衣装をまとい、フレデリックとフィンレイは騎乗した。領主夫妻を護衛する領兵の数は、例年よりもあきらかに多い。城下街を練り歩く道順は公表されておらず、その時間も短縮されている。

緊張感が高まる中、フレデリックとフィンレイは出発した。

「フレデリック様!」

「フィンレイ様!」

城門の周辺にはたくさんの領民たちが待ち構えていた。街のいたるところに平服で目立たないように警備にあたる領兵がいて不審者に目を光らせているが、どこから銃口が狙っているかわからない。フィンレイは笑顔で手を振る領民たちを馬上から素早く見渡し、いつでもフレデリックを守れるように気を張った。

「フレデリック様、今年もきれいに咲きました!」

沿道を埋め尽くす人々の中から、年老いた女性が必死に手を伸ばし、色とりどりの切り花をフレデリックに捧げようとしている。フレデリックはにっこりと微笑み、気安い動作でその花を受け取った。フィンレイはひやりとする。

できるだけ練り歩く時間を短くするため、脇目も振らずに今朝決定した道順をたどることになっていたはず。『朱い狼』は男性ばかりのならず者の集団だと聞いているが、もしかしたら仲間に女性もいるかもしれない。子供もいるかもしれない。呼ばれても安易に馬をとめて振り向かないように、近づきすぎないように、とマーティンやアボットに何度も注意された。

けれどフレデリックはその言いつけをあっさり破ると老女に近づいて花を受け取り、「きれいな花だ。ありがとう」と笑顔で礼を言っている。とても命を狙われているとは思えない、いつもの親しみのある領主の姿だ。

花を捧げた老女だけでなく、周辺の人々からも「フレデリック様……お優しい」とため息のような声が聞こえた。手綱を引いてフィンレイの横に戻ってきたフレデリックは、ふたたび進行方向を向いて堂々と前を向いた。

その威厳ある姿に、フィンレイは胸が熱くなった。

花祭りに練り歩くのを中止してはと進言したマーティンに、フレデリックは暴力と脅迫に屈したくないと言った。ディンズデール地方領の領主として、逃げも隠れもしないと決めたフレデリックは、神々しいほど輝いて見える。

（ああ、私の夫はなんて素晴らしい人なんだろう……！）

フィンレイは尊敬と愛情で胸がいっぱいになった。

(フレデリックを見習って、私も笑顔でいよう。きっと大丈夫。もし、なにかがあっても、対処できる。自分を信じよう)

フィンレイは背筋を伸ばして、気持ちを切り替えた。沿道の人々のすべてに疑いの目を向けていた自分を反省する。

「フィンレイさまーっ！　お衣装、とってもきれいです！」

母親に連れられた女の子がそんなふうに声をかけてくれた。女の子も花柄のエプロンをつけて、髪に花を挿している。精一杯のおしゃれがかわいい。フィンレイは「ありがとう」と笑顔で手を振った。「フィンレイ様！」と歓声がそこかしこから上がる。

楽しい。これが花祭りだ。みんなの笑顔が嬉しかった。

フィンレイはフレデリックとともに広場に飾られた花を馬上から観賞し、人々に笑顔を振りまき、吟味しつくした道順をたどった。昼時に、あらかじめ設営されていた休憩所で休みをとり、軽く食事をとる。その後、また馬に乗った。

「フィンレイ、最後までいけるか？」

こそっと聞いてきたフレデリックに、例年よりも疲労を感じつつも、フィンレイは「大丈夫です」と笑って答えた。

予定通りに城下街をぐるりと回ってきて、城の前まで戻ってくる。道順をどれほど工夫しても、出発地点と到着地点が城門になるのは仕方がない。フィンレイは出発時の緊張を取り戻し、集まっている人々に手を振りながら油断なく視線を巡らせた。

不意にチリッと項がひりつく感覚がして、フィンレイは振り向いた。沿道の人々の間から、黒い銃口が見える。どうしてそんなに小さなものがはっきり見えたのか、あとになってからも不思議に思った。だがこのとき、フィンレイの目には見えたのだ。黒々とした銃口がこちらに向いているのが。

フィンレイは手綱を引いてフレデリックと銃口の間に体を入れた。それと同時に上着の裾を跳ね上げ、ベルトに挟んであった短銃を掴む。コンマ一秒もあっただろうか。

パン、と銃声が弾けた。

沿道の人々が「え？」と目を丸くする。なにが起こったのか、とっさに理解できないでいるあいだに、フィンレイが「捕えろ！」と叫んだ。群衆に紛れこんでいた平服の領兵が弾かれたように動き出し、腕を撃たれた男にわっと飛びかかった。

斜め後方からも殺気を感じ、フィンレイは振り向きざまに短銃を構える。パンパンと続けて二発撃ち、二人の男を攻撃不能にした。その男たちにも領兵たちが群がり、捕縛する。

他に仲間はいないかと、フィンレイは神経を研ぎ澄ませた。なにも感じない。

「なに？　なにが起こったの？」

やっと人々がザワつきだした。突然の事態に驚いて、みんなが一斉にこの場から逃げようとすれば群集雪崩が起きかねない。

「落ち着いてください！」

フィンレイは腹から声を出した。ザワつきがぴたりと治まる。短銃を右手に持ったまま、人々に語りかけた。

「花祭りで悪事を働こうとしたならず者は捕まえました。もう大丈夫。落ち着いてください。お祭りの一日目はこれで終了です。みなさん、ゆっくりと解散してください。慌てないで、ゆっくりと、お願いします」

最後ににこりと微笑んでみせた。人々はフィンレイの言葉に従い、慌てず静かに帰りはじめる。ほっと胸を撫で下ろし、馬を寄せてきたフレデリックを振り返った。

「フィンレイ、よくやった」

夫に褒められて、フィンレイは泣きそうになる。なんとか切り抜けた。愛する男を、またもや守ることができたのだ。

「フレデリック、ケガは？」

相手に一発も発砲を許していないとわかっていても、確かめずにはいられない。

「なにも。あなたは？」

「大丈夫です」

「よかった」

微笑み合い、フィンレイが伸ばした手をフレデリックがきゅっと握ってくれる。

射撃の訓練は欠かしたことがない。けれどだれもが訓練すれば上達するものではないと知っている。神が与えてくれたものだ。

フィンレイは西に傾きはじめた太陽を仰ぎ、神に感謝した。

その後、三人の刺客の治療と尋問をアボットに任せ、フィンレイとフレデリックは城門をくぐって城に戻った。外の騒ぎに気づいていたギルモアが、正面玄関でやきもきした様子で待っていてくれた。

「旦那様、フィンレイ様、ご無事でしたか」

「ああ、心配させたな」

馬から下りたフレデリックのしっかりした足取りに安心したのか、ギルモアが大きなため息をつく。

「フィンレイ！」

「おかえり！」

階段を元気よく下りてくるのは双子のジェイとキース。ナニーがその後ろを追いかけてくる。花祭り参加を禁じられた二人は、何日にもわたって入れ替わり立ち替わりみんなから説明を受けたが納得できかねるようで、今朝もぐずっていた。

けれど今日一日、城の中でおとなしくしてくれていたようだ。笑顔で飛びついてきて、甘えた顔をする。

「いい子にしていたの？」

「うん、してた」

「ちゃんといいこにしていたんだよ」

「すごいね。さすがディンズデール家の子だ。素晴らしいよ」

手放しで褒めると、双子が頬をピンクに染めて嬉しそうにする。

「ライアンは？」

「お部屋にいらっしゃるかと」

ギルモアが答え、すぐに使用人の一人に「ご夫妻がお帰りになった」とライアンに声をかけてくるようにと言いつける。フィンレイたちが留守中、ライアンは双子から離れないでいると言ってくれていたが、ずっとつきっきりだったわけではないようだ。

「あの、わたくしがそうした方がいいのではと提案しました」

ナニーがおずおずと前に出てそう言った。ライアンは朝からずっと双子のそばにいて遊んであげていたらしい。けれど昼を過ぎ二の刻頃になってから疲れた顔を見せたので、しばらく双子から離れて自室で休んではどうかとすすめたという。

「ジェイ様とキース様のお相手は、慣れているわたくしたちでも、丸一日となると疲れるものですから。それに、休日のその時間はいつも読書をなさっているので……」

「気を遣ってくれたんですね。ありがとう」

フィンレイが礼を言うと、ナニーは控えめに微笑む。ライアンを呼びに行った使用人が、慌てた様子で戻ってきた。

「ライアン様のお姿が見当たりません」

「なんだと？」

フレデリックの顔色が変わる。平時ならば、部屋にいると思われていたライアンがいないくらいで騒ぐことはない。けれど、時期が時期だ。

ライアンの部屋まで確かめに行くフレデリックのあとを、フィンレイはついていった。

「ライアン、ライアン？」

たしかに部屋にはいない。勉強用の机には、歴史の本が一冊。栞が床に落ちていることに、フィンレイは気づいた。何気なく拾い上げる。そして本を手に取り、その下に挟まれていた封筒を見つけた。

「手紙？」

まるで本で隠すように封筒があった。封はされていない。宛名は「ディンズデール」とかろうじて読める汚い文字で書かれていた。なぜか背筋がゾッとした。

「フレデリック！」

隣の寝室を覗いていたフレデリックを呼び、「こんなものが」と封筒を渡す。フレデリックはためらうことなく封筒の中から便箋を取りだした。

書かれていた文章は短い。横から顔を出してそれを一読したフィンレイは、悲鳴を上げそうになった。

『ライアンはあずかった。無事に返してほしくば、こちらからの連絡を待て』

それだけが書かれている。ライアンの姿がなく、代わりにこの手紙が置かれていた。因果関係は明白だ。

ライアンは何者かに誘拐されたのだった。

「なんてこと……ライアン……」

「フィンレイ！」

横から手紙を覗きこんでいたフィンレイの体がぐらりとふらつく。フレデリックはとっさに支え、近くのカウチに座らせた。真っ青になって目を閉じているフィンレイを介抱したいが、領主として、ライアンの保護者として、先にやらねばならないことがある。

「ギルモア！」

フレデリックは執事を呼び、手紙を見せた。顔色を失いながらもギルモアは倒れることなく目を合わせてきた。

「すぐに城中を捜せ。本当にライアンがどこにもいないかどうか確認しろ」

「かしこまりました」

ギルモアが一礼して足早に去って行く。彼が戻ってくるまでの四半刻が、一昼夜にも感じるほど長かった。

「失礼します」

ライアンの部屋でそのまま待っていたフレデリックとフィンレイに、ギルモアは蒼白の顔を向けた。

「城中をくまなくお捜ししましたが、ライアン様はどこにもいらっしゃいませんでした」

震える声の報告に、フレデリックはきつく目を閉じた。

「本当に捜したの？　庭の隅々まで？　地下の倉庫も？」

「フィンレイ」

ギルモアに詰め寄ろうとしたフィンレイを、フレデリックが抱きとめる。ギルモアは沈痛な面持ちで小さく「お捜ししました」と答えた。足をふらつかせたフィンレイをまた座らせる。

「ギルモア、使用人のすべてに今日一日の行動を聞き取れ。どんなささいなことでもいい、なにか気づいたことがあれば、私に報告するように。ライアンがいつだれにどうやって拐(かどわ)

かされたのか、知っておかなければならない」

「かしこまりました」

深く頭を下げ、ギルモアは退室していく。いっさい言い訳をしなかったギルモアの背中を、フレデリックは見送った。

領主夫妻の不在中の出来事だ。城の管理を任されているギルモアの大失態と言える。けれどここで責任の追及をしても意味はない。まずはライアンの行方を捜索することと、他の家族を守ることが重要だ。彼もそれはじゅうぶんにわかっていることだろう。

開けたままになっていた扉から、ひょっこりと小さな頭がふたつ、飛び出した。ジェイとキースだ。

「どうしたの？」

「ライアンは？」

トコトコと入ってきて、あたりを見回している。カウチで項垂(うなだ)れているフィンレイに二人は歩み寄り、「ないてるの？」と顔を覗きこんだ。フィンレイは両手で顔を覆い、無言でさらに俯く。丸めた背中がかすかに震えていた。

「フィンレイ、しっかりしろ」

強めに肩を叩き、叱る口調で声をかけた。いまは泣いている場合ではない。

「私は役場に行ってくる。祭りの警護から戻ってきたアボットから報告を受けなければならないし、ライアンについても対策を練る必要がある」

「……はい」

小さい声だが返事があったことに、すこしホッとする。

「こちらのことは頼む。いいな？」

「はい……」

フィンレイが顔を上げた。涙に濡れた目が真っ赤になっている。それでもぐっと歯を食いしばり、気丈に振る舞おうとしているのがわかった。しゃがみこみ、ぎゅっと抱きしめて、頬にくちづける。フレデリックも激しく動揺していた。自分を鼓舞するように、

「きっと大丈夫だ」と囁く。

「フレデリック……」

潤んだ黒い瞳を見つめ、ひとつ頷いた。

「行ってくる」

フレデリックは踵を返してライアンの部屋を出た。

まだ花祭りの衣装を着替えてもいない。しかし着替えている余裕などない。暴風が吹き荒れる暗い嵐のような心情とは真逆の、華やかな花柄の衣装。それをまとったまま、フレデリックは役場へ移動した。

執務室にはマーティンとアボット、そしてデリックがいた。花祭りの初日が、波乱があ

りながらも領主夫妻にケガなく終わったことに、三人は安堵している様子だった。そこに厳しい表情のフレデリックが現われたものだから、彼らは不審そうに見つめてきた。

「アボット、捕えた三人の尋問はどこまで進んだ？」

「いまだ治療中です。しかし一人は左の肩、二人は右胸に朱い狼の入れ墨があったため、奴らの一味かと」

「治療が終わりしだい、尋問を開始するように」

「わかっております」

「死なないていどに拷問することを許可する。奴らの潜伏場所、つぎの企てはなにか、そして『朱い狼』の雇い主はいったいだれなのか。事は一刻を争う。早急に聞き出せ」

「フレデリック様……？」

過激な命令を下したフレデリックに、マーティンがすこし戸惑った顔をする。かまうことなく、フレデリックはライアンの部屋で発見された置き手紙を机に広げてみせた。

「なんと、これは……！」

「ライアン様が？」

三人は驚愕の表情を見せ、顔を強張らせた。

「花祭りから帰ると、ライアンの姿がなかった。代わりにこれが」

この手紙はタチの悪いいたずらなどではなく、おそらく本物だろう。

フレデリックの甥、ディンズデール家の後継者、姉ベアトリスの忘れ形見であるライアンは、白昼堂々、城から連れ去られたのだ。

今年の秋には王都に留学する予定だった。まだ十一歳。いまどれほど恐ろしい思いをしているかと想像するだけで、かわいそうでならない。

「目撃者がいない。どうやって、いつ、ライアンが連れ去られたのかわかっていない」

「警備の隙を突かれたのでしょうね」

ぽつりとデリックが言った。

「今日は領兵のほとんどが街中の警備にかり出され、いつもよりも城の警備は手薄になっていたはずです」

「しかし、花祭りの警備をしっかりしたからこそ、領主様は無事だったのではないか」

反論するアボットに、デリックは「それはその通りです」と頷く。

「もし花祭りに割いた領兵がもっと少なかったら、警備の網をかいくぐり、領主様を狙う刺客はもっと多かったかもしれません。いくらフィンレイ殿下が射撃の名手だとしても、一度に十人も二十人にも狙われたら、全員を倒すことは不可能です。何発かは領主夫妻に命中し、運が悪ければ命を落としていたでしょうね」

今日一日、城の警備が手薄になっていたことは、フレデリックも知っていた。仕方がなかった。だからこそ、ギルモアにくれぐれも子供たちの安全に配慮するようにと命じていたのだ。

いったいどうやって、自室にいたライアンのところまで誘拐犯は入りこみ、使用人たちに見咎められることなく連れ去ることができたのか。警備の領兵が減らされてはいたが、普段とおなじように使用人たちは立ち働いていた。フレデリックたちが帰ってくるまで、ライアンが連れ去られたことに気づかないことなどあるだろうか。

まさか——。

「領主様、使用人の中に内通者がいるのかもしれません」

フレデリックの心に浮かんだ疑念を、デリックが言葉にしてしまった。

認めたくない。断固として認めたくないが、その可能性は非常に大きい。フレデリックは両手で頭を抱えこみたくなった。

「……使用人たちは、みんな身元がはっきりしている領民たちばかりだ。疑いたくない」

「わかっています。けれど、何人もいる使用人たちのだれも誘拐犯を目撃しておらず、ライアン様がどのように連れ去られたのかすらわからないのは異常です。手引きした者がいたのかもしれません」

デリックが容赦なく指摘してくる。冷静に分析すれば、だれもがその結論に達するだろう。

「もうすぐ日没です。日があるうちに打てるだけの手を打ちましょう」

デリックが地図を見下ろした。

「まずライアン様ですが、おそらく数日のあいだは命があると思います。殺すことが目的ならば城に侵入を果たした時点で殺されていたでしょう。わざわざ手間をかけて連れ去ったということは、生きたままにしておいて、領主様を脅す材料にしたいのだと思います。手紙にも連絡を待てとありますから」

「そうだな」

アボットが隣で頷く。

「ライアン様を人目につかないように運ぶとなると馬車か。今日の花祭りの終盤頃、不審な馬車が城から郊外へ向かうのを目撃した者がいなかったか、聞き取りをさせよう」

「城下街の近郊は、『朱い狼』たちの潜伏場所になりそうな空き家はすべて調査済みです。ライアン様を隠すためには、かなり田舎に行かなければなりません。おそらく今頃は脇目もふらずに馬に鞭を振るっていることでしょう。花祭りの見物客が帰り道にそんな馬車を見かけているかもしれません」

アボットが慌ただしく執務室を出て行く。しばらくしてフィンレイがやってきた。顔色は青いままで戻っていないが、もう泣いてはいない。かわりに黒い瞳が怒りにギラついていた。

「フレデリック、もう一度、城の内外を捜させましたが、どこにもライアンの姿はありませんでした」

「そうか」

誘拐されたことは確定した。早く助け出してあげたい。誘拐犯がわかったかもしれません」

「使用人の中から重要な証言がありました。誘拐犯がわかったかもしれません」

「なんだと?」

「来てくれますか。マーティンとデリックも」

城の居住区まで来てくれと言うフィンレイに従い、フレデリックとマーティン、デリックの三人は役場を出た。城の一階には住みこみの使用人たちの部屋と、彼ら専用の食堂がある。その食堂の前にギルモアが立っていた。フレデリックを見ると頭を下げる。

「このような場所で申し訳ありません。中にメイドがいます」

「その者が内通者なのか」

「いえ、ちがいます。話を聞いてやってください」

どういうことなのかわからないが、とりあえずフィンレイに促されて全員が使用人の食堂へ足を踏み入れた。

六人ほどが囲めるテーブルが、五台並んでいる部屋だった。きれいに掃除されているので清潔感はあるが、絨毯は敷かれていないし壁に絵画の一枚もない、簡素な空間だ。そこに家政婦長のローリーとともに若いメイドが緊張しながら待っていた。

「旦那様、この娘が今日の午後、通用口に来客があったと証言しました」

「来客？」

どういった来客か、とメイドに問いかけると、「あの、あの」とうろたえたように視線を泳がせる。無理もない、主人であるフレデリックだけでなく、フィンレイとマーティン、領兵の制服を着た見知らぬデリックがずらりと並び、自分に注視しているのだ。

「落ち着いて、順を追って話しなさい」

ローリーがメイドの背中を撫でながら、説明を促す。彼女は何度か深呼吸してから、ゆっくりと話し出した。

「そのとき、私はたまたま裏の通用口のあたりにいたんです。交代で昼食をとったあとだったので、三の刻を少し過ぎたころだったと思います。通用門の警備をしている領兵に呼び止められ、来客だと言われました」

「警備の領兵はそのとき何名だった？」

「一人です」

城の通用門の警備がたった一名になっている時間帯があったのか。フレデリックだけでなくマーティンも驚いた表情になっている。

「だれかを訪ねてきたようだったので、私がそのお客人の応対をしました」

「その客人の風体は？」

「え…と、その、貴族には見えませんでした。小綺麗な格好はしていましたから、肉体労働者ではないなと思いました。花祭りの見物に来た、地方に住む人かなと思いました。歳はたぶん四十から五十歳くらい？　物腰は柔らかくて、丁寧な話し方をする男の人でした。それで、花祭りの見物ついでに知人に会いたくて来たから、取り次いでほしいと言われて、その場でしばらく待ってもらうように言い置いて、私は城の中に戻りました」

「そのとき、客人は一人になったのか」

「いいえ、領兵が近くで見張っていました」

その客人は限りなくあやしいが、ここまでのところ、誘拐犯だと断言できる材料はない。

「客人は馬で来たのか？　それとも馬車で？」

フレデリックの問いに、メイドはしばし考えこみ、「すみません」と項垂れた。

「見ていません。もしかしたら通用門の外に馬を繋いでいたのかもしれませんが、私はそこまで確かめませんでした」

「いや、それならそれでいい。領兵に聞けばわかるだろう。それで？　君は客人が取り次いでほしいと言った人物に伝えに行ったのだな？」

「はい」

「それはだれだ？」

内通者がいるとしたら、それはこのメイドではない。客人が訪ねてきた者だ。

「家庭教師のランズウィック卿です」

思わず息を呑んだ。まさか、と思う。あの善良を絵に描いたような男が。ライアンを上手に導き、ギルモアやローリーの信頼も得て、さすが場数をこなしてきただけのことはあると感心していたのに。

思わずマーティンと顔を見合わせ、ついでフィンレイを振り向く。いつになく厳しい目つきをしたフィンレイは、きゅっと唇を噛んでいた。だれもがランズウィックの名前が挙がったことに動揺している。

いよいよ冷静さを失ってしまいそうな自分を叱咤し、フレデリックはなんとかつぎの質問を繰り出した。

「……それで、ランズウィック卿はどうしたのだ？」

「ランズウィック卿はご自分のお部屋にいらしたので、すぐにお客人のことを伝えました。すると本当にお知り合いの方だったようで、通用口に駆けつけるとしばらく立ち話をなさっていました。お二人の様子は、ひさしぶりの再会といった感じで、不自然なところはありませんでした」

メイドは必死に、ランズウィックにあやしい点はなかったと擁護しようとしている。彼は使用人たちとも非常に仲良くなっていた。貴族でありながら驕(おご)ったところがないランズウィックは、好感が持てる男だったのだ。

「しばらく立ち話をしたあと、二人はどうしたのだ」

「わかりません。私はその場を離れました。自分の仕事の途中だったのです。申し訳ありません」

深く頭を下げるメイドに、ローリーが「あなたが謝ることはないのよ」と声をかけている。メイドは自分に課された仕事をしていただけだ。通用口の警備は領兵の仕事だった。

ローリーとメイドを残し、全員が食堂を出た。

「今日の通用門担当の領兵はどこだ」

「城の詰所に留め置いています」

ギルモアが答える。

「ランズウィック卿は？」

城内にいくつかある客室のうちのひとつを、ランズウィックの滞在用として与えていた。

「客室にいらっしゃいます。わたくしが一度様子を窺いに行きましたが、とくに変わったところは感じませんでした。いつものランズウィック卿のように見えました。ライアン様の行方がわからなくなったことについて、わたくしは言及しませんでした。ランズウィック卿もなにもおっしゃいませんでした。客室の扉の前にはバートとほか数名、腕に自信のある若い使用人を配置しました。逃走をはかろうとしている様子はありませんでしたが、念のため」

ギルモアは万事そつがない。フレデリックは頷き、まずは領兵の詰所へ向かった。状況を把握してからランズウィックを追及したい。言い逃れができないように。

城の警備を担当する領兵たちの待機場所である詰所には、青い顔をした五人の若い領兵が並んで待っていた。フレデリックたちが入室すると一斉に敬礼する。

一番端に立っていた領兵が、深々と頭を下げてくる。

「申し訳ありませんでした」

そのまま床に膝をつきそうな勢いだ。ギルモアが「説明しなさい」と厳しい声をかける。

顔を上げた領兵は、強張った顔で話しはじめる。

「三の刻頃、訪問者がありました。二頭立ての黒い箱馬車をみずから操っていて、花祭りの見物のために地方からわざわざやって来たと言いました。そして城の中に知人がいるはずなので、取り次いでほしいと頼まれました。私は不審な点はないと判断し、ちょうど通用口付近を通りかかったメイドを呼び止めて伝えました」

「それから？」

「その後、ランズウィック卿がいらして、お客人と立ち話をはじめました。楽しそうに会話をしていましたが、内容までは聞いていません」

「おまえはそのあいだ、どこにいた」

「視界にランズウィック卿と客人を入れながら、通用門の方を向いていました。しばらくして、客人がランズウィック卿に『娘を連れて来たので挨拶させたい』と言い、馬車から若い女性を下ろしました。十七か八くらいの、まだ成人したばかりかと思われる女性でした。花祭りの見物客らしく花模様のドレスを着ていました」

「馬車の中に、客人の家族が乗っていたのか。おまえはそれに気づいていたか？」

「いいえ、気づいていませんでした。箱馬車の窓は布で覆われていましたし、自分は少し距離を置いた場所に立っていましたので」

「その女性はランズウィック卿と会話をしたのか」

「挨拶を交わしていました。そのうち女性が、気分が悪くなったと言い出して、ランズウィック卿に私が呼ばれました」

もはや領兵は顔中に汗をかいている。顔色が悪い。必死の形相で、そのときのことを思い出しながら話しているのがわかった。

「女性がとても辛そうに見えたので、通用口の横の部屋に案内しました。ランズウィック卿と女性の父親の客人もいっしょに……」

通用口の横の部屋は、使用人が多目的に使用する場所だ。平民の来客を待たせたり、食料品や消耗品が城に納入される際に受け渡したりする。フィンレイが狩りから戻ったときは、そこで汚れた靴や外套を脱ぐこともある。

「客人が『娘に薬を飲ませたいから水をくれないか』と言うので、取りに行きました。厨房で水をもらい、すぐに戻りました。女性は薬を飲み、四半刻ほど安静にしていたら具合がよくなってきたと言いましたが、客人に『もう少し休ませてくれないか』と頼まれました。ランズウィック卿からも頼まれたので了承しました。女性が膝掛けかなにかを借りたいと言い出したので、私は部屋を出て、メイドを探しました。掃除中のメイドに頼みこみ、膝掛けを借りました。部屋に戻り、女性に渡しました。私は警備に戻りました」

体調を崩した来客をその部屋に案内した領兵の判断は、まちがっていない。そして女性のために優しく気遣った行動も、常ならば人格者だと褒められることだっただろう。

ただ、このとき通用門の警護はたったひとりだった。

「その後、客人親子は四半刻ほどで帰りました」

領兵の話が終わってしばらくは、だれも口をきかなかった。フレデリックが重々しく、「それで」と言葉を発する。

「おまえはどのくらいのあいだ任された職場を放棄していたのだ」

職場を放棄していたと断言された領兵は、涙目になった。

「……半刻ほどだと思います」

フレデリックは額を片手で押さえ、目を閉じた。

半刻もあればじゅうぶんだ。馬車の中にはほかにも何人か乗っていて、領兵がいなくなった隙に城へ侵入したのだろう。確認のためにフレデリックは尋ねた。

「二頭立ての箱馬車と言ったな。四人乗りくらいか。馬車の中はあらためたか？」

「いえ、見ていません……」

領兵はがくりと膝を折り、床に両手をついて額を擦りつけるように頭を下げた。

「申し訳ありませんでした！」

その隣に立っていた領兵も遅れて床に膝をつく。

「通用門の警備を任された領兵全員の責任です。申し訳ありませんでした」

フレデリックは怒鳴りつけたい衝動をぐっと抑え、ため息ひとつに変えた。

「アボットに早く知らせろ」

マーティンに言い置いて、フレデリックはフィンレイを連れて詰所を出た。そしてランズウィックがいる客間へ移動する。

ギルモアが言っていた通り、扉の前にはバートを含む若い男が三人、立っていた。みんなライアンが誘拐されたことを知っている。無言でいるが、目が血走っていた。憤りが全身に漲っている。

フレデリックは扉を叩き、「失礼する」と客間に入る。後ろにフィンレイも続いた。ランズウィックは窓際の机でなにか書き物をしていたようだ。予告なく訪れたフレデリックの姿に喜色を浮かべ、ペンを置いて立ち上がる。

「フレデリック様。なにか御用ですか」

にこにこと笑顔を向けられても、さすがに作り笑顔ですら返す気にはならない。ランズウィックはフィンレイにも笑みを向け、椅子を勧めてきた。

「ご夫婦そろって、なにか私にお話でも？　いえもちろん、なんの用事がなくとも大歓迎です。すぐにお茶を頼みましょう。花祭りの初日でしたから、お疲れですよね？」

「いや、茶は結構だ」

和やかな雑談をしに来たわけではないので、断った。ランズウィックはとても残念そうな顔をしたが、すぐに気を取り直して笑顔になる。この男の切り替えが早いのは、いつものことだ。ギルモアが言っていた通り、言動に不審な点はないように感じる。

もしライアンの誘拐に関わったとして、こんなに平然としていられるだろうか。

ここはフレデリックが自治を任されている領地だ。その中で罪を犯した場合、フレデリックの一存で極刑に処することもできる。誘拐犯を手引きするほどの重罪を犯したなら、城の客間でのんびりせずにとっとと逃げ出した方が賢い選択に思う。

「花祭りの見物に行けなくて残念でした。ギルモアに外出禁止を言い渡されたときは悲しくてたまりませんでしたが、お子様たちも安全のために城で留守番と聞いて、仕方がないとあきらめました。今年は冬の終わりからずっと好天続きのため、いつになく人出が多かったそうですね。来年なら見物できるでしょうか。ああ、もちろん来年はただの観光客として自費でディンズデールまで来ますよ。お薦めの宿があれば教えてください。いまから予約したいです」

ぺらぺらと淀みなくおしゃべりするランズウィックと向かい合ってソファに座り、じっと見つめる。フィンレイは一言も話さない。やっとランズウィックはなにか様子がおかしいと気づいたようだ。

「……どうかしましたか？」

「いくつか聞きたいことがある」

ランズウィックは小首を傾げ、「はい」と頷いた。

「今日は一日、ランズウィック卿は城から出ていないのだな？」

「出ていません」

「三の刻頃に来客があったそうだが」

「ええ、ありました。王都での知人がわざわざ訪ねてきてくれて。花祭りの見物に来ているそうです。ひさしぶりだったので、通用口の近くでしばらく話をしました」

「城の中には通さなかったのか」

「通していません。領主であるフレデリック様がお留守の最中に、そんな、いくら知人で元貴族といえども安易に通すわけがありませんよ。ああでも、お連れの娘さんの具合が悪くなって、通用口の横の部屋をお借りしました。でもそれより中には入れていません」

ランズウィックはすこし得意気に胸を張った。しかし、元貴族という言葉にひっかかりを覚える。

「客人は王都住まいの元貴族なのか」

「そうです。昨年、王都で罪を犯し、平民に落とされました。ずいぶんと友人たちが離れていったそうですが、私は細い付き合いは続けていました。本人は罪を反省し、しっかりと罰も受けています。それでじゅうぶんだと私は考えました」

「なるほど」

昨年犯した罪とは、いったいどういったものだったのだろうか。

「その客人は絶対に城の中に通していないのだな？」

「絶対に通していません。私がずっとそばにいましたから。見張っているつもりはありませんでしたが、話が弾んでしまって」

「警備の領兵に、水を持ってこさせたり膝掛けを頼んだりしたと聞いたが、本当か？」

「ああはい、本当です。この地の領兵はとても親切だと、娘さんは喜んでいましたよ」

ランズウィックはあっさり認めた。経緯の内容に、領兵の証言との食い違いはない。そして悪気はまったく感じられない。

（もしかしたら、ランズウィック卿は誘拐犯に利用されただけなのか？）

そうとは知らずに、誘拐犯を城に引きこむような行動をしてしまったのかもしれない。

フレデリックが相槌も打たずに黙っていると、ハッとしたように真顔になった。

「もしかして、その領兵が通用口を出たり入ったりしたせいで、職場放棄の罪に問われていますか。彼は悪くありません。私が頼んだのです。彼を罰するなら、私も同様に罰してください」

キリッと表情を引きしめるランズウィックに、ため息しか出ない。

「その領兵については、あなたはなにも気にしなくていい。それよりも、ランズウィック卿、あなたはこの城の内部について、だれかに話をしたことがあるか」

「城の内部とは？　具体的にどんなことでしょうか」

「ライアンの部屋がどこにあるか、とか」

ランズウィックは首を傾げた。視線を上に向け、「あるかも、しれません」と曖昧な返事をした。

「あるのか」

身を乗り出したフレデリックに、ランズウィックがはじめて慌てた。

「いやでも、ディンズデール家の私的な空間について漏らしたというわけではなく、その、こちらに来てから、王都の知人を通じて家庭教師のあたらしい仕事の問い合わせがありまして。そのときに、ここでの私の生活についても聞かれたのです。城の中のどのあたりに客間を用意してもらったのかとか、教え子の部屋とはどれほど離れているのかとか、その教え子の毎日の生活予定とか――」

具体的に手紙に書いてしまったと答えたランズウィックに、黙っていたフィンレイがついに爆発した。

「あなたのせいで！　ライアンがどんな目にあったか！　ライアンにもしものことがあったら、あなたのせいだ！」

立ち上がって叫んだフィンレイに、ランズウィックが唖然とする。

「僕は絶対にあなたを許さない！　ぜんぶ、ぜんぶあなたのせいだ！」

怒鳴りながら泣き出したフィンレイを、フレデリックは抱きしめた。全身を震わせているフィンレイに「落ち着きなさい」と囁き、背中を撫でる。

「ランズウィック卿だけのせいではない。私たちにも落ち度はあった」

「でも、でもっ」

大粒の涙をぼろぼろと流すフィンレイをさらにぎゅっと抱きしめて、額にくちづける。

ランズウィックに目を向けると、瞠目(どうもく)して固まったまま動かない。これほど取り乱したフィンレイを見たのがはじめてだからだろう。

「フィンレイ、絶対にライアンは取り戻す。私たちの大切な子供だ。ならず者たちをなんとしてでも追い詰めて、あの子を助け出す」

決意をあらたにしてフィンレイに言い聞かせた。顔中を涙でびしょ濡れにしながら、フィンレイが何度も頷いた。

「ライアン君に、なにかあったのですか」

ランズウィックが腰を浮かしながら聞いてきた。やっとなにかが起きていると察したらしい。

「攫われた」

「えっ……」

「城の中の自分の部屋から、連れ去られたらしい」

ランズウィックは、「そんな」と呟き、顔を強張らせた。

「そんなまさか、ライアン君が？　今日？　えっ？　どうして？　なぜ？　だれに攫われたのですか？」

「いまそれを調べているところだ」

ハッと瞠目したランズウィックは、「もしかして」と呟く。

「私が疑われていますか？　なにも、していません。するわけがない。私はライアン君の家庭教師ですよ。彼を無事に留学させるのが役目です。それにフレデリック様の信奉者である私が、大切な後継者になにをするというのですか。攫われたなんて、いま聞くまで知りませんでした。本当になにもしていません。なにも私は――」

全力で否定しはじめたランズウィックだが、ふと口を閉じた。呆然と榛色の瞳をフレデリックに向けてくる。

「ま、まさか……私の客人が……？」

「その可能性が高い。わずか半刻とはいえ、通用門から警備の領兵を引き離すようなことをした」

「でも、娘さんの具合が――」

「その娘も共犯だとしたら？」

ランズウィックがじわじわと俯いていく。

「城の内部のことを手紙で教えた相手はだれなのか教えてもらおうか。その客人と手紙の宛先に繋がりはないか？」

フレデリックの指摘に、ランズウィックの顔からサーッと血の気が引いていく。膝がかくかくと震えはじめた。心当たりがあるのか。

「手紙を送った先の貴族は、今日の客人の紹介でした……」

「ランズウィック卿、客人の名を教えてもらおうか」

「……カーティス、元男爵です……」

告げられた名前に、フレデリックは愕然とした。腕の中のフィンレイも同時に反応し、顔を見合わせる。

カーティスは、第三王子ディミトリアスの腰巾着と呼ばれていた人物だ。

昨年末、フレデリックを逆恨みしたディミトリアスは、カーティスに命じてフレデリックの暗殺を目論(もくろ)んだ。フィンレイに阻(はば)まれて暗殺は失敗に終わったが、カーティスはそれを王都のならず者に依頼した罪に問われ、男爵位を剥奪されて平民に落とされている。財産のほとんどを没収され、王都を追われたはずだ。その後はどこでどうしているか、まったく知らない。

「カーティス……ここで名前を聞くとは」

「では、フレデリック、『朱い狼』の雇い主は、やはり――」

ディミトリアスかもしれない。

やっと自分が大変なことをしでかしたと自覚したランズウィックは顔色を失い、棒立ちになっている。

「あなたはカーティスがなにをしでかして平民に落とされたか、知らなかったのか」

「……知っていました。でも、でも彼は心から反省していると言っていたのです。ディミトリアス殿下に逆らえなかったとも言っていました。本当はフレデリック様のことを尊敬していると」

それを信じたのか。人を疑わないにもほどがある。

「私には彼がそれほどの悪人には見えませんでした。いくら命じられたとはいえ、人の命を狙うなんて罪深いことをしてしまったと、カーティスは私の前で涙をこぼしたのです。たくさんの友人知人が離れていってしまい、彼は孤独でした。だからせめて私だけでも、友人関係を継続していこうと考えて……」

人の好さを利用されたわけだ。ランズウィックは両手で顔を覆い、倒れこむようにソファに腰を下ろした。

「彼は本当に、ライアン君を攫うために私を訪ねてきたのでしょうか」

「私はそう考える」

「ああ……っ」

ランズウィックが後悔の呻き声を上げるのを背中に聞きながら、フレデリックはフィンレイの肩を抱いたまま客室を出た。

廊下で待っていたバートたちに、引き続きランズウィックを監視するように言いつける。役場へ向かおうと一階へ下りたとき、ギルモアに呼び止められた。

「旦那様、たったいま、王都からの早馬で手紙が届きました」

トレイの上に一通の封筒が置かれている。送り主はアーネストだった。ディミトリアスの動向がなにかわかったのかもしれない。

その場で開封し、フィンレイといっしょに読んだ。アーネストの直筆と思われる美麗な文字で綴られた内容は、最悪のものだった。

ディミトリアスは所在不明――。

地方の離宮で監視付きの謹慎生活を送っているはずのディミトリアスは、妻子を置き去りにして出奔。現在は行方がわからないということだった。

◇

ライアンが攫われてから、フィンレイは連日、役場に詰めていた。

最初は『朱い狼』の情報を集めている領兵たちからの報告をいち早く耳に入れるためだったが、花祭り二日目の夜、城下街で放火と思われる火災が起きたことからその事後処理にあたることになった。

各地で小火が起きていたため城下街も警戒していた。しかし今回は最初から本格的な火事にするつもりだったのか油を撒いたらしく、火はまたたく間に広がった。民家三軒が全焼、逃げ遅れた住民一人が焼け跡から見つかった。周辺の民家も五軒ほど半焼したため、フィンレイは役人とともに焼け出された人々の世話に奔走した。

養老院の一部を避難所として開放し、家を失った三十人ほどの領民を寝泊まりさせ、炊き出しを行った。城には自然災害に備えて常に食糧が備蓄されていたので、フレデリックにそれを提供してもらった。

焼け跡を調べたアボットが「放火と思われる」と最終報告。領地の各町村に、さらなる警戒を呼びかけた。

花祭りの三日目は中止となった。火事で死者が出てしまっては祭りどころではない。けれど人々は逞しく、どうせ祭りのために三日間は仕事を休むつもりだったのだから、と焼け跡の片付けを手伝ってくれた。

火事の見舞金を計算したり、粗大ゴミとなった焼けた家財の処分方法を検討したり、炊き出しの人手を確保したり、焼け出された住民の心を慰めたりと、やられねばならぬことは山ほどあった。

フィンレイもフレデリックも満足にジェイとキースに会えず、バタバタとしているあいだに、ライアンが攫われてから三日がたっていた。

カーティスの行方は掴めていない。城下街の宿にカーティス親子と思われる人物たちが連泊していたことはわかったが、ライアンの誘拐が発覚したときにはすでに引き払っていた。その後のカーティスの足取りは掴めなかった。

アボットとともに執務室にやってきたデリックが、領内の地図の一カ所を指さした。

「この地区にある空き家があやしいですね」

城の南西に位置する森の中に、かなり古い空き家があるという。城から馬で丸一日はかかる距離だが、比較的近い。こんなところに調査が済んでいない空き家があったことに、フィンレイは驚いた。

その疑問にはアボットが答えてくれた。

「背後の山にかつて——といっても百五十年ほど前のことなのですが、石切場があり、採掘権を独占していた豪商が住んでいたらしいです。石切場は百年前に閉鎖、豪商の家も使われなくなり、行き来する馬車や人が皆無になったため私道には木が生い茂り森に飲みこまれたようです。周辺の人々から忘れ去られていました」

「そのため見落としていましたが、城下街の地下水路の件を教訓に、役人たちが古い地図をかたっぱしから確認してくれて見つけました」

「それでついさきほど、様子を窺いに行った領兵が戻ってきました。木の枝で一見わからないように擬装してあったそうですが私道が開かれ、人の出入りがあるらしいと。馬車の轍もあったそうです」

「出入りしているのが近隣の住民でないことは確かです」

「百年も前の話か……。『朱い狼』の雇い主がディミトリアス殿下だとして、どうしてその家の存在を知っていたのだと思う?」

　フレデリックの問いかけに、デリックが「あくまでも推測ですが」とことわったうえで意見を述べた。

「ディミトリアス殿下は王都で数々の不正に関わっていました。公共工事を請け負う業者、王室御用達の商店など、さまざまな商人と知り合いになっていたのは領主様もご存じだと思います。その中に、もしかしたらこの石切場を独占していた豪商の知人、あるいは親戚がいたのかもしれません。ちょっとした雑談の中で、かつてディンズデール地方領で商売をしていた、そこに一時期住んでいたという話があり、ディミトリアス殿下が覚えていたとしてもおかしくありません」

なるほど、とフレデリックが頷く。

そこに「失礼します」と役人が入室してきた。強張った顔をした役人は、一本の矢を手にしている。矢羽根近くに紙が結ばれていた。

「たったいま、城門の領兵に向かって矢が射られました。おそらく矢文ではないかと」

「矢文？」

矢を受け取りながら、フレデリックは「領兵にケガは？」と尋ねる。

「当たっていませんので、大丈夫です」

役人はすぐに執務室を出て行った。フレデリックが矢に結ばれた紙を解く。

「誘拐犯からだ」

細かく折られた紙を机に広げる。そこには、ライアンの命と引き換えに、莫大（ばくだい）な身代金の要求が書かれていた。金が用意できなければ、領内にもっと火をつけるぞという脅し文句もつけ加えられている。

「火を？　ではやはり火事は『朱い狼』のしわざなんですね」

確信をこめてフィンレイは言ったが、それよりも金額を見てマーティンが目眩（めまい）を起こしたようにふらついた。

「とんでもないことです……」

たしかにとんでもない金額だった。ディンズデール地方領の十年分の行政予算に匹敵する数字だ。絶句してしまったフレデリックを、フィンレイは縋るように見る。

だれもなにも言わない。いや、言えないのだ。

身代金を払わなければライアンの命が危ない。けれど払える金額ではない。いくらこの領地が裕福だといっても、右から左へ出せる金額ではなかった。

「……マーティン、いま用意できる金はどのくらいだ？」

呻くような声でフレデリックが聞く。マーティンは苦しそうに「この五分の一ていどなら」と答えた。

五分の一は二年分の行政予算だ。それでも地方の自治領の中では貯えがある方だろう。要求された金額は払えない。減額の交渉ができればいいが、そうでなければライアンを見殺しにするのか？

ライアンの笑顔が脳裏をチラつく。あの子を失うのか？　永久に？　あんないい子を？

王都から突然やってきた叔父の男嫁に戸惑わなかったはずがないのに、ライアンはとても慕ってくれた。なんども一緒に狩りに行った。懸命にフィンレイのあとをついてきて、山や森を歩いた。なかなか射撃の腕が上達しなくても腐ることなく真面目に練習して、フィンレイが獲物を仕留めると喜び、称賛してくれた。

いくつもの笑顔が記憶からよみがえる。あのときも、あのときも、ライアンは朗らかに笑っていた。留学を楽しみにして、たくさん勉強していた。いつかフレデリックのような立派な領主になりたいと言っていた。

失うわけにはいかない。ディンズデール家の後継者だからではなく、大切な子だからだ。

フィンレイは震える声を絞り出した。

「わ、私が、父上にお願いします。王国に、お金を貸してもらいましょう」

「それは難しいだろう。これはわが領地内で起こったことだ。私の管理不行き届きでしかない」

「けれどディミトリアスが企んだことです。父上にも責任はあります。離宮の監視者を任命した者にも責任はあるでしょう。なんのための監視だったのですか！」

「まだ黒幕がディミトリアス殿下と判明したわけではない」

「あの男に決まっています！」

「フィンレイ、証拠がない」

「証拠なんかどうとでもなります！　相手が王族だから怖じ気づいているんですか！」

カッとなったあまりに言葉が過ぎるフィンレイを止めたのは、デリックだった。

「まあまあ、落ち着いて、殿下」

いまだにフィンレイを殿下と呼ぶのはデリックだけだ。本人が嫌がっているのに、ぜんぜん直してくれない。ついデリックに八つ当たりしたくなったフィンレイだが、冷静なデリックの顔を見てすこし我に返った。

「みなさんも落ち着いてください」

デリックが矢文をあらためて見て、ひとつ息をつく。

「俺はこの領地の行政などよくわからないですが、この金額はとうてい払えないものなんですね？」

「払えるわけがない」

吐き捨てるように言ったフレデリックに、デリックは「ふむ」と頷く。

「払えない場合の金額交渉について、なにも書かれていません。身代金の引き渡し方法もなし。またあとで矢文が射られるのでしょうか？　金目的の誘拐にしてはお粗末です」

そう言われればそうだ。

「まあ、一般的な金目的の誘拐は、すぐに払える程度の金額を提示するものです。こちらにあれこれ考える暇を与えず、準備期間も短くして、さっさともらえるものだけをもらって逃亡する。その際に人質を生かしておくか殺してしまうかは犯人次第ですが、短期間で決着がつくと人質が無事に戻ってくる可能性は高いです。長い間、生かしておいて世話をするのは面倒ですからね」

デリックの淡々とした話し方に、フレデリックもマーティンもアボットも、そしてフィンレイも冷静になっていく。

「だから、今回の誘拐は一般的ではありません。ありえない金額を要求してしまうと家族が早々に人質を諦めてしまい、一銭も手に入らないという事態になりかねませんからね。俺が思うに、今回のライアン様誘拐を企てたのは、ディミトリアス殿下。花祭りの人出に乗じて暗殺を企てたのもディミトリアス殿下。つまり、『朱い狼』を雇ったのはディミトリアス殿下で、すべては領主様への嫌がらせなのではないでしょうか」

フィンレイもデリックと同意見だ。

フレデリックを逆恨みしているディミトリアスは、春になると同時に離宮を出て、復讐を企てた。王都の知人経由で『朱い狼』を雇い、ディンズデール地方領内に潜伏させ、小火や荷馬車の強奪、子牛の泥棒などのちいさな嫌がらせをして領兵を疲弊させ、花祭りにはフレデリック暗殺計画を実行させた。そして警備の隙をついてライアンを誘拐したのだ。

首謀者のディミトリアスがいまどこにいるのかはわからない。もしかしたらこの地のどこかで成り行きを見守っているのかもしれない。

フィンレイはいてもたってもいられなくなった。

ディミトリアスはおそらく身代金など欲していない。ただただフレデリックを苦しめたいだけなのだ。有り金をはたいても、ライアンは戻ってこないかもしれない。

「いますぐに、その空き家へ行きましょう。身代金を用意してもきっと無駄です。そこにライアンがいるかもしれない」

「待て」

執務室を飛び出そうとしたフィンレイを、フレデリックが引き留めた。

「あなたが行くことはない。もしそこが『朱い狼』の隠れ家だったら危険だ。完全武装させた領兵の一個小隊を向かわせる。アボット、至急準備を頼む」

「はっ」

短く返事をしてアボットが執務室を出て行く。

一個小隊は三十人から五十人ていどの集団になる。その人数が完全武装するのには、少なくとも一刻はかかるだろう。さらに、馬で丸一日かかる距離を移動するとなると、野営の準備も必要だ。ぼやぼやしている暇などないのに。

けれど準備が大切なのはわかる。相手は銃器で武装しているのだ。これまでに何人か朱い入れ墨がある男達を捕えたが、まだ十五人ほど残っているはず。やみくもに突撃するのは無謀と言わざるをえない。

わかっている、そんなことわかっている。頭では理解できても、感情がおとなしくしていないのだ。自分ひとりでも駆けつけたい、ライアンを助けてあげたい。

すぐにでも飛び出したい気持ちを抑え、フィンレイは「せめて」とフレデリックに懇願した。

「私も領兵たちとともに向かわせてください」

「ダメだ」

「ここでじっとしていることなどできません」

「フィンレイ、あなたは領主の伴侶だ。なにかあってからでは遅い。アボットに任せて、ここで私といっしょに朗報を待つんだ」

胸の内からわき上がってくる焦燥感と誘拐犯への怒りが、フィンレイにどうしても待つことを許さない。

「あの子はあなたの甥ですが、もう私の子でもあるんです。見殺しにはできません。私がこの手で助け出します！」

「待ちなさい！」

伸びてくる手に捕まらないよう身を翻し、フィンレイは執務室を飛び出した。デリックが追いかけてくる。

「止めても無駄だからね」

「わかってますよ。俺も行きますから」

苦笑したデリックとともに、城の居住区へ向かった。領主の妻の部屋へと直行し、扉の外にデリックを待たせて速攻で着替える。狩りに行くとき用の動きやすい格好になり、愛用の短銃をベルトに挟んだ。夜通し馬を走らせるなら、まだこの季節は防寒着も必要だと気づき、外套を羽織る。

急がないとフレデリックが追いついて引き留められてしまう。焦りながら部屋の外に出ると、そこにはフレデリックが立っていた。怖い顔でフィンレイを見下ろしている。少し離れた場所に立つデリックは、ひょいと肩を竦めて知らぬふりだ。

「止めても、私は行きますから」

「私がやめてくれと頼んでもか」

「ごめんなさい」

フィンレイも固い意志をこめてフレデリックを見上げる。夫が妻の身を案じる気持ちはわかる。逆の立場ならフィンレイはなんとしてでもフレデリックを止めるだろう。

でも、ライアンのことを思うと、城でただ待つことなどできなかった。

「ライアンはたしかに大切な子だ。私もあの子を愛している。けれど、あなたのことも私は大切な家族だと思っているし、失いたくない」

「フレデリック……」

これほどまで言ってくれている夫を振り切って出て行ったら、もしかして愛想を尽かされてしまうかもしれない——と、ふと思った。フレデリックとライアン。どちらかを選択しなければならないのだろうか。

胃がきゅうっと痛くなってきた。どちらも選べない。どちらもなくしたくない。フィンレイはもう、どちらをなくしても幸せを感じることはできないだろう。

「……ごめんなさい」

「フィンレイ」

「あなたを愛してる。でも、ライアンを助けてあげたいんです。わがままを言ってごめんなさい。本当に、ごめんなさい」

じわりと目が熱くなり、視界が潤む。この数日でもう何度泣いただろうか。泣きすぎて痛む目から、また涙がこぼれた。

「あ、あなたの言うことを聞かなくて、嫌われたら、辛いけど、でも、どうしても、どうしても――」

ひっく、とみっともなくしゃくり上げたフィンレイを、フレデリックが抱きしめてきた。

「泣かなくていい、フィンレイ。あなたを嫌うことなんて、ありはしないから」

「フレデリック！」

逞しい背中に腕を回し、ぎゅっと縋りつくように抱きついた。

「戻ってきたら、なんでもします。あなたのためにできることなら、なんでもするから、ごめんなさい」

「わかった。それほどの覚悟で行くのなら、もう止めない」

「本当？」

「本当だ」

「ありがとう！」

「ただし、私も行く」

えっ、と声を上げたのはデリックだった。

「私もあなたといっしょに行こう」

きっぱりと宣言したフレデリックを、フィンレイは泣き顔のまま唖然と見上げた。驚きのあまり涙が止まった。

「私も着替えてくるので待っていてくれ」

意気揚々と隣の自室へ行ったフレデリックを見送る。どうやら本気のようだ。止めた方がいいのだろうか。いやでもフィンレイが行くことを許してくれたのにフレデリックだけ城で待機していてくれと言っても、まったく説得力はないだろう。

どうしよう、とフィンレイは戸惑った。

「あのー、殿下」

おそるおそるといった感じでデリックが声をかけてきた。

「参考のために聞いておきたいんですが、領主様の戦闘力はどれほどのものなんでしょうかね？」

「…………」

なんとも答えられない。というか、正直にデリックに教えてもいいのだろうか。フレデリックの沽券に関わるかもしれない。剣技も射撃も壊滅的で、人並みにできるのは乗馬だけなんて、きっと夫は親しい者以外に知られたくないだろう。

黙っているフィンレイに察するものがあったのか、デリックはため息をついた。

「こりゃ大変だ」

つぶやきに、フィンレイもため息をついた。思いきりがよくて勇気があるのはフレデリックの美点なのだが。

「まあ、俺が領主様にはりついて、危険がないようにしますよ」

「うん、お願い」

フィンレイとデリックがそんな会話をしていることなど知らず、乗馬服に着替えたフレデリックがキリッと表情を引きしめて部屋から出てくる。乗馬服は体にぴったりの大きさで縫われているため、長い手足と頑丈そうな厚い胸板が強調されて見えた。

つい状況を忘れてフィンレイは見惚(みほ)れてしまう。乗馬服姿など何度も見ているのに。

「フレデリック、素敵です」

「そうか、ありがとう」

にっこり笑うフレデリックに胸がキュンとするが、そんなことをしている場合ではない。

「さて、お二方、領兵の宿舎へ行きましょうか」

デリックに促され、フィンレイとフレデリックは城を出た。


アボットが率いる領兵一個小隊三十人とともに、フィンレイとフレデリックはかつて豪商の屋敷だったという空き家へ向かった。途中、野営をして一日半かけて移動する。

フレデリックは疲れた顔をしていたが弱音は吐かず、フィンレイと並んで隊列の最後尾を進んだ。しんがりを守るのはデリックだ。

ライアンが攫われてから七日目の昼。件（くだん）の豪商の屋敷跡に到着した。

屋敷を囲む鬱蒼（うっそう）とした森の外で、フィンレイとフレデリックは留め置かれた。森へと突入していく領兵を見守る。フィンレイも彼らといっしょに突撃したかったが、フレデリックが「じゃあ自分も」と言いかねなかったので、離れた場所で待っていることにした。

それを計算してここまでフレデリックがついてきたのだとしたら、非常に効果的だった。

乗馬したまま待つ領主夫妻を守るようにして、デリックとアボットが両脇に立っている。

じりじりとしながら四半刻ほどその場にいた。

しばらくして森の中から乾いた発砲音が響いた。何発もそれが続くのを、ただ聞いているだけという状況はつらい。なにも聞こえなくなってからどれくらい待っただろうか。

突入した領兵が走って戻ってきた。

「報告します。屋敷の中には『朱い狼』の一味と思われる男が十人ほどいました。交戦の末に制圧。しかし数名を取り逃がしたもようです。ライアン様らしきお子様の姿は、まだ発見できておりません」

「なんだと？」

アボットの裏返った声を聞く前に、フィンレイは馬の腹を蹴った。領兵の脇を通り抜け、森へ駆けていく。荒れた私道を走っていくと、廃墟にしか見えない、レンガ造りの三階建ての建物がいきなり目の前に現われた。

窓の鎧戸は壊れ、外壁にはツタが何重にも這っている。一見して人が住めるとは思えない様相を呈しているが、玄関の周辺は出入りする人間によって雑草が踏みならされているし、馬が繋がれていない荷馬車があった。

負傷者が壁際に転がされている。ならず者の風体の男が五人。うち三人は絶命しているようだ。領兵も三人負傷していたが、瀕死の者はいないように見える。ほかに六人のならず者が縄で後ろ手に縛られていた。

「フィンレイ様」

領兵たちがフィンレイに気づいた。馬を下りると館の中を案内してくれた。厨房は火を使った跡があり、以前、強奪されたものと思われる果実酒の樽がいくつも転がっている。

「盗んだ果実酒は飲んでいたようですね。外の荷馬車は醸造所のものでしょう」

「子牛も捌いて食べていたと思われます」

別の領兵が教えてくれる。かつて食堂だったらしい部屋は、ついさっきまで酒盛りしていたように散らかっていた。

「フィンレイ様、こちらに」

奥の部屋から領兵が出てきて呼ばれた。そこは窓のない狭い部屋だった。まだ昼なのに奥までよく見えない。おそらく食糧の貯蔵庫だったのではないだろうか。領兵はランプをかざし、狭い部屋を照らした。

毛布が一枚、床に敷かれている。汚れたままの皿と、縁が欠けたカップ、そして——靴が片方だけ転がっていた。意匠は男物だが、サイズはそれほど大きくない。見覚えのある靴を、フィンレイは飛びつくようにして拾った。

「ライアン！」

まちがいなく、ライアンの靴だった。ライアンはここにいたのだ。こんな窓もない狭い倉庫に、毛布一枚だけを与えられて何日も——。

がくりと膝をつき、フィンレイは靴を抱えて涙をこぼした。

「やはりそれはライアン様の靴でしたか」

ランプを持った領兵が悲痛な声で呟く。「フィンレイ」と背後からフレデリックが呼びかけてきた。逞しい腕で背中から抱きしめられる。

「フレデリック、靴が……靴が……」

「そうだな。それはライアンの靴だ」

　呻くように低くフレデリックが肯定する。彼の腕はわなわなと震えていた。

「フィンレイ殿下」

　デリックが近づいてきて、かたわらに膝をついた。フィンレイの顔を覗きこんでくる。

「ライアン様の姿が館内のどこにもなかったようです。お子様はまだ生きています。亡くなっていたら、どこかに遺体が捨て置かれていたはずですから。『朱い狼』の頭セオドールがいません。ライアン様を連れて逃げたのです。すぐに追いましょう」

「……追いかける」

「そうです。周辺に山小屋や猟師小屋があるそうです。表側にいた俺たちに気づかれずに逃げたんですから、山に入ったにちがいありません」

　そうだ、追いかけなければ。

　フィンレイは立ち上がった。服の袖で顔を濡らす涙をぐいっと拭い、泣くのをやめる。

　ライアンが味わった――いまも継続しているであろう苦痛と恐怖を思うと、かわいそうでならない。同時に、『朱い狼』の一味と、ディミトリアスに対する猛烈な怒りがこみ上げてきた。

なんの罪もない十一歳の子供を攫い、最悪な環境下で何日も監禁の上、保護者を脅迫するなど、卑劣すぎる行為だ。ライアンをなんとしてでも取り戻し、ならず者たちを一人残らず捕まえる。そしてディミトリアスが黒幕だと証明して、罪を問う。

それが自分たちにできること、いや、絶対にやらねばならないことだ。

「いくつか小屋があるのか?」

フレデリックの問いに、アボットが答える。

「あります。花祭りの前に、この周辺の山小屋と猟師小屋は調査済みです。場所はわかっています」

アボットが領兵たちに二班に分かれるよう命じた。『朱い狼』の残党は、頭のセオドールを含めた四人から五人ほどと思われる。それを追う班と、いま捕縛した男たちを見張り、護送する手配をする班だ。

領兵たちが慌ただしく動いているのを横目に、フィンレイはフレデリックを振り返った。ライアンの靴を胸に抱きしめる。

「止めても行きます」

きっぱりと言い切った。フレデリックは諦めたような微笑みを見せる。

「わかっている。私も行くから」

「あなたは城に戻って――」

「足手まといにはならないように頑張る」

　フレデリックの視線はフィンレイが握っている靴に注がれていた。早くライアンを助けてあげたい気持ちは、二人ともおなじだ。

「……そうですね。いっしょに行きましょう」

　フレデリックとライアンは頷きあった。

　屋敷の周辺をくまなく調べていた領兵たちが、複数の足跡が裏山へと続いているのを見つけた。山の中は一年中湿っている。雨後でなくとも積み重なった落ち葉には、歩いた人間の足跡がはっきりとあった。この地域を担当して山小屋を調べたという領兵が「その方向なら猟師小屋だと思われます」と先導し、一個小隊は山へ入った。

　足跡は擬装工作ではないか、隊を分けてもうひとつの山小屋へ向かわせてはどうかという案も出たが、デリックが反対した。

「何人も『朱い狼』の一味を捕えていますが、まだ数人残っているはずです。我々はすでに二班に分かれています。さらに分ければ、奴らに遭遇したとき戦力が拮抗してしまう。俺は足跡を偽装工作とは思いません。奴らにそんな余裕があったかどうかあやしいからです。まずは足跡をたどって猟師小屋へ行き、異常がなければもうひとつの山小屋へ行く。ライアン様を確実に取り返すのならば、数での優位性を保っていた方がいいでしょう」

　理にかなったその意見をアボットが採用し、まずは足跡をたどっていくこととなった。

途中で小川に行き当たり、足跡が途絶える。かまわずに猟師小屋を目指すことにした。

一行はただひたすら山を登った。無駄口を叩く者はおらず、山歩きに慣れないフレデリックも頑張っていた。日が暮れるまえに、木々の間から猟師小屋が見えてきた。

アボットの合図で領兵たちが散開し、距離をおいて小屋を囲む。遠目では小屋に異変があるようには見えない。壁から突き出した細い煙突からは、煙は出ていなかった。屋敷から逃げてきて中に入ったばかりなら、まだ火は熾していないだろう。それに、追っ手の警戒もしているはずだ。

「小屋はそれほど大きくないですが、五、六人は余裕で入れそうですね」

デリックの言葉に、フィンレイは頷く。

領兵が二人、まずは巡回中の態で正面から訪ねて行くことになった。無人か、本職の猟師がいるだけなら、すぐにとって返して別方向にある山小屋に向かわなければならない。もうすぐ日が暮れる。

小屋を包囲する領兵たちがじわりと近づき、唯一の窓の下に短銃を手にした領兵が控えた。訪問役の領兵が小屋の扉を叩こうとしたとき、内側から勢いよく開いた。出てきたならず者が領兵を見て立ち尽くす。

「うわぁ！」

一声叫んだならず者が扉を閉じようとしたが、それより早く領兵が体を割りこませていた。窓から領兵が突入する。一発目の発砲音を聞いたと同時に、フィンレイはベルトに挟んでいた短銃を右手に持ち、小屋へと駆け出した。

狩りで鍛えた脚力で、傾斜のきつい上り坂を一気に走る。

「あ、こら、待ってください！」

背後でデリックの呼び止める声が聞こえたが、無視した。

小汚い格好の男がひとり飛び出してくるのが見えた。頭部を負傷しているのか、すでに顔が血塗れで、片手に刃物を持っている。フィンレイは躊躇うことなく銃口を向けた。足を狙って引き金をひく。弾丸で膝を砕かれた男が声もなく倒れる。

その男の背中を踏みつけて乗り越え、小屋に入った。中はまさに地獄絵図のような有様になっていた。血の匂いが立ち上っている。ならず者も領兵も、無傷の男はほとんどいない。みんなどこかを撃たれ、斬りつけられ、血を流していた。

けれど動けないほど重傷の領兵はいないようだ。五人のならず者を鬼気迫る表情で捕縛している。

「朱い入れ墨を確認しろ」

「あったぞ」

「こっちの男にもあった」

「この中に『朱い狼』の頭がいるはずだ。セオドールはどいつだ？」

領兵たちが捕えた男たちに詰問する。だれも口を割らなかったが、視線が一人の男に向いていた。「こいつか？」と領兵が服を脱がすと、ひときわ大きな朱い入れ墨が背中の中央に彫られている。

「脱がすなよ。寒いだろ」

セオドールと思われる男はニヤニヤと笑いながら軽口を叩いた。そして片手に短銃を持っているフィンレイを見て、「あんたが十二番目の王子だろ？　かわいい顔して勇ましいな」と気安く話しかけてくる。側頭部から血を流しているのにふてぶてしい態度だ。

「無駄口を叩くな」

「不敬だぞ」

領兵たちに叱られて、セオドールは笑いながら口を閉じた。

その態度に引っかかりを覚えながらも、「フィンレイ様！」と小屋の隅にうずくまって背中を向けていた領兵に呼ばれ、そちらに注意を向ける。その領兵は大きな麻袋の結び目を必死に解いていた。麻袋がもぞもぞと動いているのを見て、フィンレイは駆け寄った。

「まさか、ライアン？　ライアン！」

やっと結び目が解け、麻袋の口が大きく開かれる。ライアンの碧い瞳と目が合った。

「ライアン！」

細い腕が袋から伸ばされる。フィンレイはライアンを抱きしめた。生きていることを確かめたくて、きつくきつく抱きしめる。その体温と重ねた胸から響いてくる鼓動は、生きている人間のものだった。

「もう大丈夫だ。助けに来たよ。ライアン！」

「フィ、ンレイ……」

掠れた声に胸が痛くなる。ライアンはとても汚れていた。誘拐されたときのままの部屋着だ。それに少し頬がこけている。満足に食事を与えられていなかったか、それとも心労のあまり喉を通らなかったか。

けれどその瞳は輝きを失っておらず、まっすぐにフィンレイを見つめていた。

「ぼく、がんばり、ました」

どっと胸に迫るものがあった。笑顔で褒めてあげたいのに、涙が溢れてくる。言葉が出てこない。「うん」と頷くことしかできなかった。

「ライアン様、どこかおケガは？」

領兵がフィンレイの代わりに聞いてくれて、ライアンは「とくにない」と答える。

「立てますか？」

「たてる、とおもうけど、くつが……」

「ライアン様の靴はだれが保管している？　隊長か？」

領兵たちの会話に、フィンレイは慌てて上着の隠しに突っこんでいた靴を出した。麻袋から全身を出したライアンに、領兵が靴を履かせる。フィンレイが手を引いて立たせると、よろめきながらもなんとか歩けた。

とくにケガをしていないのは本当らしいとフィンレイはホッとする。しかしライアンの背中をちらりと見て、絶句した。靴の跡がいくつもついていたからだ。踏まれたとしか思えない。暴行を受けたのだ。服の下には打撲痕（だぼくこん）があるにちがいない。あらたな怒りの炎が燃え上がった。

簡単な手当てを受けたあと後ろ手に縛られ、小屋の外に連れ出されているならず者たちに、フィンレイは殺意がこもった目を向けた。

いまここでフィンレイがこの男たちを撃ち殺してしまっても、きっと罪には問われない。目撃者は領兵たちだけだし、領主の家族を誘拐した犯人だ。渋い顔をしながらもフレデリックはもみ消してくれるだろう。

いったんベルトに戻していた短銃に、フィンレイの右手が伸びそうになる。だが——。

ぎゅっと目を閉じて、ゆっくりと息を吐いた。鎮まれ、と自分に言い聞かせる。

衝動的にならず者を殺してしまっても、なにも解決しない。彼らは重大な犯罪の容疑者で、ディミトリアスが関わっているという証言が引き出せるかもしれない証人でもあるのだ。

それに、ライアンの目の前で無抵抗の人間を撃ち殺すのか。そんな非道なことが許されるのか。たとえフレデリックがもみ消したとしても、フィンレイの蛮行を知る者の心には一生残るだろう。

ライアンとともに小屋の外に出ると、日が陰りはじめていた。

「ライアン！」

フレデリックが両手を広げて待っている。よろよろとライアンが歩み寄った。

「おじ、うえ…」

「よく無事でいてくれた」

泣き笑いをしながらフレデリックがライアンを抱きしめる。いつもは叔父に対して遠慮がちのライアンだが、その細い腕をフレデリックの背中にまわし、縋るように抱きついていた。汚れた指先がフレデリックの上着に皺をつくる。

「助け出すのに日数がかかってすまなかった。すべて私の責任だ。よく頑張ったな。私はライアンを誇りに思う」

「はい……っ」

フレデリックの胸に顔を押しつけ、ライアンが涙混じりの声で返事をする。叔父と甥の感動的な再会を、みんなが黙って見守った。

領兵たちといっしょに洟をすすりながらその光景を見ていたフィンレイだが、首筋にちりっとヒリつくものを感じた。右斜め後方から、殺気が放たれている。振り向くと同時にベルトの短銃を抜いていた。

男が大木の陰から半身を出してこちらに銃口を向けている。その姿を認めた瞬間、フィンレイは驚愕のあまり一瞬、反応が遅れた。

パンパンと発砲音が複数響く。フィンレイは右肩に殴りつけられたかのような重い衝撃を受け、その場に倒れこんだ。右手に持っていた短銃が地面に落ちる。

「フィンレイ！」

「フィンレイ様！」

一気に動揺が広がった場に、「動くな！」と威圧的な声が制止を命じた。全員が動けなくなる。命じることに慣れた声だった。

大木の後ろから出てきた茶褐色の髪の中肉中背の男は、やはり見まちがいでもなんでもなく――ディミトリアスだった。フィンレイの腹違いの兄でフォルド王国の第三王子。国王の怒りをかい地方の離宮で監視生活を送っていたディミトリアスだ。

フィンレイはうずくまって右肩の激痛に耐えながら、近づいてくるディミトリアスを見遣る。

油断していた。ならず者の集団『朱い狼』を一人残らず捕え、警戒を解いていた。黒幕だと思われていたディミトリアスが、まさかこんなところまで来ていたとは。

一瞬の動揺が引き金を引く機会を遅らせ、狙いを狂わせた。撃った弾がディミトリアスから逸れただけならまだしも、向こうが放った弾を受けてしまった。

　右肩は鼓動と呼応した激痛を発している。右手は指先まで痺れてまともに動かない。出血がそれほど酷くないのが救いか。

「ひさしぶりだな、わが弟よ」

　ディミトリアスは無精髭に覆われた片頬を歪めてフィンレイを見下ろしてきた。彼は記憶にある姿よりも痩せていた。王城での贅沢三昧の生活から、離宮の清貧生活に移ったせいだろうか。それともこの地で隠れ住む生活の中で、余裕を失ったからだろうか。

「おお、そこにいるのはディンズデール地方領の領主ではないか。たしかフレデリックといったか。こんな山の中でなにをしているのかな」

　ニヤニヤと笑みを浮かべてディミトリアスは周囲をぐるりと見た。領兵たちは腰を落とし、いつでも短銃を抜ける、斬りかかれるといった体勢になっている。

「ディミトリアス殿下、あなたこそここでなにをしておられる」

　フレデリックが、ライアンを背中に庇いながら毅然（きぜん）とした態度で応じた。

　銃口を向けられていても堂々としている姿は立派だが、たったいまディミトリアスはフィンレイを撃った。フレデリックに発砲することもためらわないにちがいない。フィンレイは痛みのあまり額に脂汗を滲ませながら、フレデリックが撃たれないようにと神に祈った。

視界に、自分が落とした短銃がうつっている。一歩踏み出して手を伸ばせば届く位置だ。

フィンレイは痛みを逃がすために、呼吸を整えはじめた。

「ここは私の領地です。殿下といえども、勝手をしてもらっては困ります」

「ああ、そうだな、ここはあんたの領地だ。勝手に入ってしまって、すまなかったな。すぐに出て行くから、怖い顔をした兵士たちをどこかへやってくれないか」

図々しいことを言い出したディミトリアスに、領兵たちが殺気を強めた。目の前で領主の伴侶が撃たれたのだ。さらにライアンの誘拐とフレデリックの暗殺を企てた黒幕と目されている。王国の王子とはいえ、すんなりと包囲を解けるわけがない。

しかし銃口は領主に向けられたまま動かない。対応をまちがえたらフレデリックの命はないだろう。射撃の名手、フィンレイは利き手を封じられている。どうすれば事態を打開できるかわからないからか、アボットがギリリと歯を噛みしめる音が聞こえた。

「ディミトリアス殿下、ひとつお聞きしたい。王都にいる知人を通して『朱い狼』を雇ったのは、あなたですか」

「朱い、狼？　はて、なんだろうな、それは。赤毛の狼がいるのか？」

ディミトリアスは下手なとぼけ方をして、さらにニヤニヤと笑う。

「『朱い狼』というのは、そこにいるならず者たちの集団です。やつらは領内で放火をし、祭りに乗じて私の命を狙い、私の甥を誘拐しました。それらを命じたのはディミトリアス

殿下だと、私たちは思っています」

「そんな極悪人が俺だと？」

ディミトリアスは大声で笑いはじめた。不快な笑い声が山にこだまする。それは薄暗くなりはじめた山に響き、この場にいるみんなに不吉な予感を植えつける。フィンレイはただ呼吸を整えることに集中した。

「私の大切な伴侶を撃っておいて、いまさら善人面などしないでいただきたい」

「大切な伴侶？　それは我が弟のことを言っているのか？　それはすまなかったな。しかし正当防衛だろう。撃たれたから撃ち返したまでだ」

どちらが先に発砲したかなど、あの状況でわかるわけがない。当事者であるディミトリアスとフィンレイの証言だけでは、第三者に判別できないだろう。フィンレイは反応が遅れた自覚があるのでディミトリアスが先だったと思うが、コンマ一秒の世界だ。

「市井育ちの弟に、ずいぶんと執心しているようだな。こんな十二番目の王位継承権もない王子のいったいどこがいいんだ？　みっともない真っ黒の髪に、黒々とした陰気な瞳。体が大きければ力仕事で働かせることもできるが、こんなチビではどうにもならんだろう。噂では射撃が得意らしいが、いま俺には当たらなかったな。ただの根も葉もない噂だったか。しかもその右手ももう使えないだろう」

はははは、とさも楽しそうにディミトリアスは笑う。フレデリックの額に青筋が浮いたのが見えた。激高するあまり冷静な判断を失わないで、自分はなにを言われてもたいして気に留めないからとフィンレイは目で訴えた。

それが通じたのか、フレデリックがひとつ息をつく。

「こんなところではまともに話ができません。ディミトリアス殿下、場所を移しましょう。短銃を渡してください」

「俺に縄をうつつもりか」

「そんなことはしません。けれど私の中で殿下は危険人物です。武器となりうるものはすべて渡していただきます」

「嫌だと言ったら？」

「抵抗するのなら、力尽くで殿下を制圧し、縄をうつことになります」

「ほう、この俺を力でどうこうしようと考えるのか。浅はかだな」

ディミトリアスの目が細められ、あらためてフレデリックに銃口がぴたりと定まる。けれどフレデリックは動じない。近くに立っているアボットの方が、いっそう青くなっていた。

フィンレイはそっと視線を動かし、デリックはどこにいるかと探る。いつの間にか、彼はディミトリアスの死角に回りこんでいた。

「武器を携帯している殿下を信用するほど、私は愚かではありません」

「それは困ったな」

「殿下、観念してください。甥の誘拐にはカーティス元男爵が関わっていることがわかっています。カーティスはあなたと親しかった。男爵位を剥奪されてからも通じていたのではないですか」

「さあ、知らないな。確かにカーティスの名前と顔は知っているが、いまはどこでなにをしているのか……。カーティスの証言は得ているのか？」

フレデリックはぐっと黙った。証言どころか、カーティスの足取りは掴めていない。もしかしてひそかに王都へ戻っているのではと、調べてもらうようアーネストに頼んであった。

「そこの『朱い狼』とかいうならず者たちに証言させようとしても無駄だぞ。なんの後ろ盾もない最底辺の人間の言葉など、だれが信用するものか」

ディミトリアスがそう言い放つと、捕縛された男たちが不満そうな表情を見せた。

「殿下はこの男たちとともに行動していたのではないですか」

「俺はたまたまこの場に居合わせただけで、こんな身元の確かでない浮浪者たちと行動をともにするはずがないだろう。これでも俺は王族だぞ。その誇りがある。こいつらがこの地でなにか悪事を働いていたのなら、とっとと処刑すればいい。俺は関係ない」

ディミトリアスが傲慢な口調で言い放ったのを聞き、セオドールが「おい、それはないだろう」と噛みついた。射るような目でディミトリアスを睨みつけている。

「オレたちはあんたに頼まれてこんな田舎に来たんだぞ。関係ないなんてよく言えたな」

「うるさい、黙れ」

「王子だって言うから信用して従ったのに、なんて奴だ。もし捕まってもたいして罪には問われないって言っただろう。どうしてくれるんだよ、仲間が何人やられたと思ってんだ。オレたちをめちゃくちゃにしやがって！」

「うるさいと言っている！」

「この小屋に俺たちを入れたのも、囮（おとり）にするつもりだったのか。おまえだけ外でやり返す機会を狙っていたんだな。くそったれ！」

「俺は関係ない。嘘をつくな。俺を陥れるつもりか」

「陥れられたのはオレたちの方だ。成功報酬はもういらないから、とっととオレたちを解放してくれ。本当に王子ならもみ消せるだろう。人質のガキは生きて返したんだ。もう王都に帰りたい。女が待ってんだよ！」

「黙れと言ったら黙れ！」

　ディミトリアスの銃口がセオドールに向けられた。殺されたら証人がいなくなってしまう。領兵がセオドールの前に立ちはだかり、盾になった。

「黙ってほしけりゃオレたちを王都へ戻せ！」

「前金はたっぷり支払っただろうが。口止め料も入っていることくらいわからんのか！」

ディミトリアスが致命的な言葉を口走った。この場にいる全員が聞いた。

つぎの瞬間、フィンレイが動いた。落ちている短銃に伸ばしたのは左手。掴んだ短銃をディミトリアスに向けた。同時にデリックもナイフを手に地を蹴る。

パンパンと二発連続の銃声が薄闇に包まれた山に響いた。右の二の腕と左大腿部に弾丸を受けたディミトリアスは、どうと地面に倒れた。その上にデリックが馬乗りになり「動くな」と首にナイフを突きつける。

愕然と目を見開き、ディミトリアスが視線だけを動かしてフィンレイを見た。

地面に膝をついた体勢で、左手で短銃を撃ったフィンレイを、信じられないといった表情で凝視している。

「左……？」

「左手でも撃てるように、練習しました」

ひそかに左手での射撃訓練をしていたのだ。まさか役に立つとは思っていなかった。

「殿下に縄を！」

アボットが命じると、弾を受けた場所を止血しながら領兵たちがディミトリアスに縄をかける。デリックがすぐにフィンレイのもとにやってきた。

「撃たれたところを見せてください」

「出血はそれほどじゃない」

地面に横たえられ、デリックが素早く患部の確認をして止血してくれる。

「フィンレイ、大丈夫か」

フレデリックが悲壮な表情で顔を覗きこんできた。大丈夫、と答えたつもりだったが、ホッとして緊張の糸が切れたのか、意識がすうっと遠くなる。

「フィンレイ！」

何度も名前を呼ぶ夫の声を聞きながら、フィンレイは意識を失った。

◇

フレデリックはそっと領主の妻の部屋に入り、足音を殺して寝台に近づく。そばについていた看護師が無言で会釈して、フレデリックと入れ替わりに部屋を出て行った。寝台にはフィンレイが横たわり、穏やかに眠っている。

寝室のカーテンは半分だけ閉じられ、春の陽光を適度にさえぎり、フィンレイの眠りを助けていた。寝息のリズムは規則正しく、異状は感じられない。

フィンレイはどうしているだろうと気になって仕事に集中できていなかったフレデリックに、「もういっそのこと、様子を見に行ったらどうですか」と進言してくれたのはマーティンだ。

静かな寝顔にホッとして寝台横の椅子に座り、布団の中に手を入れた。フィンレイの手を探り、きゅっと握る。ケガをしていない方の左手だ。

山の中の猟師小屋でライアンを見つけ、ディミトリアスにフィンレイが撃たれた日から、五日がたっていた。

あのあと、負傷者の治療のために小屋から一番近い村に全員が移動した。領兵一個小隊と『朱い狼』の一味、合計五十数人だ。城から馬で一日の近い距離にある村とはいえ、それだけの人数――十数人の負傷者と第三王子ディミトリアスを含む――を受け入れることができる規模ではない。

村で馬車を借り、その夜のうちにディミトリアスと『朱い狼』の頭セオドールを城に護送した。重傷者は近隣の街から医師を呼んで治療にあたらせ、軽傷者は翌日になってから別の馬車で城に送った。

フィンレイは命にかかわるほどのケガではなかったが、動かすなら慎重にした方がいいという医師の意見があったため、フレデリックは後ろ髪を引かれる思いをしながらもライアンを連れて先に城へ戻った。

城で待っていたジェイとキース、ギルモアたちに、ライアンは涙ながらの出迎えをうけた。いつも冷静な家政婦長のローリーが、使用人という立場を忘れて泣きながらライアンを抱擁したときは驚いた。けれどだれも咎める者はいなかった。厳しいギルモアが許したので、フレデリックもなにも言わなかった。

「ライアン、おかえりー」

「おかえりなさいー」

ジェイとキースがライアンの足にまとわりついた。双子たちは今回の事件の詳細を知らされていない。ただ突然、ライアンがいなくなり、フレデリックとフィンレイが忙しくなってしまって遊んでくれなくなったという事実があっただけだ。

けれどやはりディンズデール家の血をひいているからか、なにか大変なことがあったと察していたようだ。危惧していたほどにはナニーたちを困らせることなく、おとなしくしていたという。

そしてライアンが戻ったいま、ジェイとキースは満面の笑みで「かえってきてくれて、うれしい」と表現している。ライアンはしゃがみこんで双子を両手に抱きしめ、茶色い巻毛に顔を埋めた。

「ただいま」

しみじみとした呟きは、見ている者の胸を打った。

それから、フレデリックは役場でマーティンとともに事後処理にあたった。

まずは国王へ向けて事件のあらましを知らせる手紙を送り、ディミトリアスを王都へ護送するための馬車の手配を依頼する。罪を犯したとはいえ王族だ。一般的な馬車と護衛ではまずい部分があるだろう。それにディミトリアスを王都にどう迎え入れ、処分が決まるまでどう遇するかの話し合いも必要と思われる。そうした点の判断は王国の行政と司法機関に委ねた。

『朱い狼』の一味の処分も王国に任せるべきか否かの判断は迷った。ならず者たちは王都に家があるらしいが、ディンズデール地方領内で罪を犯した。フレデリックが独断で裁可を下し、領内の牢屋に入れても、法律上はまちがっていない。

しかし彼らはディミトリアスに金で雇われていた。私怨で動いていたわけではなく、ディミトリアスの罪の証人でもある。一晩悩んだ末に、フレデリックは『朱い狼』の一味も王都へ護送することに決めた。彼らには今回のあらましを洗いざらいしゃべってもらいたい。彼らにも家族がいるだろう。減刑などの司法取引をもちかければ、すべて話してくれる者もいるのではないだろうか。

こんどこそディミトリアスに厳罰が下るよう、国王に決断してほしい。

（フィンレイ……）

フレデリックは愛する伴侶の寝顔をじっと見つめる。命が助かってよかった。撃たれたのが心臓ではなく肩でよかった。しかも弾丸は傷ついたら大出血にいたるような太い血管を逸れていた。

けれど医師の診断では、神経が傷ついているかもしれないので、いままでのように右手で正確な射撃ができるかどうかはわからないということだ。申し訳ないことをしたと、フレデリックはおのれの不甲斐なさに落ちこんでいる。

やはりフィンレイを城に閉じこめておけばよかった。いやそのまえに、『朱い狼』らしき一味が領内で悪事を働いているとわかった時点で、もっと徹底的に潜伏場所を捜索すればよかった、いやもっとまえに、ディミトリアスの心情を想像して、復讐するために動き出す日が来るかもしれないと備えておくべきだった。

（……そうじゃない……）

たられば を言ったらキリがないことくらい、フレデリックとてわかっている。ただ愛する人にケガをさせてしまったことが辛いだけだ。

フィンレイの働きで、今回も助けられた。まさか左手でも正確な射撃ができるようになっていたとは知らなかった。それがなかったら、あのときディミトリアスを捕まえることができたかどうかあやしい。

フィンレイは現状に留まるのをよしとしない性格なのだ。

なんて向上心にあふれた男だろう。慈悲深く、家族や領民への愛情もたっぷりだ。フィンレイほど領主の伴侶にふさわしい人はいない。

フィンレイは昨夜、やっと城に戻ってきた。馬車に寝かせて、できるだけ揺れないようにゆっくりと走らせたせいで丸三日かかった。デリックがずっと付き添ってくれたそうだ。デリックには今日くらいゆっくり過ごしてほしいと伝えたのだが、領兵とともに街に出て、花祭りのときの火事跡で片付けを手伝っているらしい。

（じゅうぶんな謝礼をしなければ）

そんなことを考えながらフィンレイの顔を眺めていたら、閉じているまぶたがぴくりと動いた。そっと開いた目が、すぐにフレデリックを見つける。柔らかく微笑んだフィンレイに、フレデリックも微笑み返した。

昨夜はろくな会話ができなかった。長距離移動で疲れていたフィンレイは寝室に移動してすぐに眠ってしまったし、フレデリックも連日の激務とフィンレイが心配で疲労が蓄積されていた。やっとフィンレイが城に帰ってきたことに安堵して、昨夜はそうそうに寝たのだ。

約五日ぶりにまともに顔を合わせ、二人は見つめ合った。フィンレイの顔色はまだよくないが、黒い瞳はいきいきと輝いている。

彼にとって、自分のケガよりもフレデリックが無傷でいることの方が重要なのだろう。右手が以前とおなじように使えるかどうかわからないという診断は聞いているはずなのに、心はすこぶる元気なようだ。

フィンレイに再会したら、あれを言おう、これを言おうと考えていたのに、フレデリックはそのすべてを忘れてしまった。

「フィンレイ……」

左手をぎゅっと握る。

「愛している」

口からこぼれたのは、その一言だけだった。

フィンレイはにっこりと笑い、「私もです」とやや掠れた声で応えてくれる。フレデリックは椅子から腰を上げ、フィンレイに覆い被さる。唇にくちづけをして、もう一度、心からの愛を囁いた。

喉が渇いたと言うので、フレデリックはフィンレイの上体を少し起こして背中に枕をいくつか挟んだ。右肩は動かせないように包帯で巻かれて固定されている。寝台横に置かれていた水差しで、フィンレイに水を飲ませた。

「ライアンはどうしていますか？」

「……なんとか、日常に戻る努力をしている最中だ」

フィンレイの表情が曇る。フレデリックも大ケガをした妻を心配させたくない気持ちがあるが、ライアンについて嘘を伝えるわけにはいかない。

ライアンは七日間も誘拐されていた。最低限の食事は与えられていたようだがじゅうぶんではなく、少し痩せた。飢餓状態など経験したことがなかったライアンにとって、空腹は耐えがたいものだったようだ。さらに何度か暴行を受けている。体中に残った殴打の痕をギルモアが見て、フレデリックに報告してくれた。

ライアンは、それほど痛みは残っていないと言ったらしい。致命傷になるほどのケガは与えないように、ならず者たちは手加減したのだろう。しかし、いつ終わるともしれない監禁生活の中で、飢えと暴力に苛まれ、どれほどの恐怖を感じたのだろうか。想像することしかできない。

「ライアンはひとりでは眠れないらしい。いまはジェイとキースといっしょに寝ている」

「そうですか……」

フィンレイは沈痛な面持ちで目を閉じる。

心の傷に対して、親代わりといえどもフレデリックは無力だった。城に戻ってきた日、ライアンは湯浴みのあとはいつものように自分の部屋で就寝したのだが、翌朝、ひどい顔色で食堂に現われた。

一晩中、怖くて眠れなかったと告白したライアンを気遣い、フレデリックはしばらく勉強は休ませることに決めた。

ライアンは自分の状態がよくないと自覚しているらしく、無理に勉強しようとはしていない。心身ともに休める時期だと納得して、双子たちと遊び、楽器を演奏し、静かに読書をする日々を送っている。

そして夜は双子たちの寝室へ行き、ジェイとキースのあいだに挟まるようにして眠りにつく。双子はもう六歳なので、そろそろ寝室を分けようかと思案していたのだが、それは先延ばしになった。

あの双子に癒される気持ちはわかる。もう十一歳なのだから従弟たちと遊んだり寝たりするなんて、と眉をしかめるつもりはまったくなかった。それだけライアンは過酷な経験をして傷ついたのだ。おそらく時間が解決するだろう。

城の警備ももとのように厳重にしている。隙をつかれて二度と不審者を城に入れないよう、アボットが体制を全面的に見直した。城は安全で、だれも自分を害する者はいないと心から安心することができるようになれば、きっとライアンは立ち直れる。

「王都への留学までにライアンは傷を癒すことができるでしょうか」

「それについてだが、私はライアンの状態しだいで留学時期を来年にしてもいいと思っている。もともと十二歳になってから行くはずだったのだから」

「でも、王家の要請を受けて一年前倒しになったんですよね？　そんなことできるんですか？」

「向こうが難色を示しても、通すさ。こんなことになったのはディミトリアス殿下のせいだ。ライアンは被害者なのだから、こちらの要望を受け入れるのは当然だと思う」

鼻息が荒いフレデリックを、フィンレイはちょっと困ったような顔で見つめてくる。

ディンズデール家に対する王家の心証が悪くなるのを懸念しているのだろう。多少、悪くなったとしても、そもそもの原因がディミトリアスにある以上、フレデリックは強気の姿勢を崩すつもりはない。

「ディミトリアスはもう王都に着いたでしょうか」

「途中でなにかあったという知らせはないから、日数的に昨日か今日には到着しているのではないかな」

いくつか事件の後処理について話していると、寝室の扉が遠慮がちに叩かれた。

「申し訳ありません、お子様たちがフィンレイ様にご挨拶をしたいと――」

扉を細く開けて顔を出したのはナニーだ。その下から片目を覗かせているのは双子。

昨日の夜、子供たちが寝付いてからフィンレイが到着したので、まだ顔を合わせていなかったのだ。うずうずしながら目覚めるのを待ち、フレデリックとの話が終わるのをいまかいまかと待機していたのだろう。

フィンレイが笑いながら「入ってもいいよ」と声をかけると、ジェイとキースが駆けこんできた。その後ろからライアンも入ってくる。

「フィンレイ、あいたかった！」

「もうげんきになったの？　ケガしたんだよね？　だいじょうぶ？」

「だいじょうぶ？」

「どこケガしたの？　いたい？　にがいおくすりのんだ？」

　双子たちは寝台に乗り上がるようにして、フィンレイを質問攻めにする。そのひとつひとつにフィンレイは優しく答え、茶色の巻毛を左手で撫でた。そしてその手をライアンに伸ばす。やや俯いて寝台の横に立ったライアンを、フィンレイは慈しむ瞳で見上げた。

「ずいぶん顔色がよくなったね。食事はちゃんと取れている？　この子たちの面倒を見てくれているんだって？　ありがとう」

　こくん、とライアンは頷く。フレデリックそっくりの碧い瞳が潤んできた。ライアンの視線はフィンレイの右肩に注がれている。彼はフィンレイが撃たれたのをすぐそばで見ていたのだ。

「い、痛い？」

　キースとおなじような口調で聞いてくる。ライアンを安心させるように、フィンレイが朗らかに笑った。

「ちょっと痛いかな、くらいだよ。大丈夫、心配しなくていいよ」

「でも……」

「名誉の負傷だ。それにこのくらいのケガ、狩りで野生動物と遭遇したらよくあることだから。すぐ治るよ」

　後遺症の可能性についてはライアンに伝えていない。フィンレイ自身、完全に治ると信じている口調だった。

「治ったら、また狩りに行こうね」

うん、とライアンは半泣きで頷く。立ち尽くしているライアンの両脇に、ジェイとキースが寄り添った。ライアンの手を握り、なにも言わずにぬくもりを分けてあげている光景に、フレデリックは家族のありがたみを感じていた。

五日後、フィンレイが床上げをした。医師も驚くほどの回復ぶりを見せたのだ。若くて健康で、日頃から狩りをするなどの体力があったためだろう。

その知らせを受け、デリックが王都に戻ることを決めた。役場まで挨拶に来たデリックは、領兵の制服を脱ぎ、領地に来たときの知識人風の服装をしていた。

フレデリックとマーティン、そしてアボットに別れの言葉を述べる。

「お世話になりました。思いがけず長居をしてしまいましたが、俺の本拠地は王都ですので、帰ることにします」

「あなたの活躍にはずいぶんと助けられた」

「いえいえ、俺の力などささいなものです。みなさんの団結心が解決を引き寄せたのです」

フレデリックに愛想よく笑いかけてくるデリックだが、目は笑っていない。本心が読め

ない男だ。

「私としては、このまま補佐になってほしいくらいなのだが」

アボットが泣きそうな顔で引き留める言葉を口にした。デリックを一番手放したくないと思っているのは、アボットだ。

「デリック、考え直してもらえないだろうか。ここはいいところだぞ」

「隊長、ここがいいところなのは、最初からわかっています。なにせフィンレイ殿下が心から愛している土地ですからね」

右手に持ったステッキで、帽子の鍔をちょいと触る。その洒落たしぐさに、フレデリックは都会の匂いを感じて、消し去ったはずの嫉妬心を覚えてしまう。デリックは有能すぎる。この地に留まってくれればとても役に立つだろうが、フィンレイのそばに置いておくのはいやだった。

惜しい人材ではあるが、王都に帰るというなら帰ってもらっていい。そんな正直な気持ちはアボットには言えない。

マーティンが金庫から出した革袋には、謝礼金が入っている。それを受け取り、デリックは「多くないですか？」と首を傾げた。

「あなたの働きに対する私たちの礼だ。受け取ってくれ」

しばしデリックは考え、頷いた。

「いただいておきます」

口止め料が含まれていることくらい、裏稼業に慣れているデリックにはわかるのだろう。司法機関から正しい手続きで証言を求められたとき以外、この地で起きたことについて、余計なことは外で喋らないでほしいという気持ちがこめられている。ディンズデール地方領とライアンを守るために。

変に遠慮せず受け取ってくれ、フレデリックはホッとした。

「このあとフィンレイ殿下にも挨拶をして、今日中に出発します。みなさん、ありがとうございました」

デリックは優雅な一礼をして、役場を去って行った。

「なにをしているんだ、フィンレイ！」

フレデリックの悲鳴じみた声が中庭に響き渡る。

ジェイとキース、そしてライアンとともに中庭で球遊びをしていたフィンレイは、うんざりとした気持ちを隠すことなく振り向いた。

「なにをしているもなにも、見てわかるでしょう。子供たちと球遊びをしていたんです」

テラスから出てきたフレデリックは、驚愕の表情のままフィンレイの前に立つ。

「まだ安静にしているようにと言っただろう」

「医師はそろそろ体を動かした方がいいと言いましたよ。その話、あなたも聞きましたよね？」

「聞いたが、球遊びをしていいとは言っていない。こんな激しい運動はまだ早いぞ」

「激しくないです。ほら、右腕は動かさないようにしていますから」

フィンレイの右肩は服の下でまだ包帯に包まれている。いまはもっぱら足で球を蹴っていた。

床上げしてから三日もたっていて、フィンレイはこうして子供たちの相手をしたり城の庭を散歩したりして、少しずつ体力の回復に努めていた。

床上げの日にデリックとの別れをすませたあと、フィンレイは王都の祖父に向け、右手で手紙も書いている。もちろん痛みが残っているのできれいな字では書けなかったが、そのあたりの事情もすべて手紙に書いたので祖父は大目に見てくれるだろう。

デリックには大変世話になったことを祖父に伝えたかった。できれば割のいい仕事をデリックに回してほしいこと、デリックに困ったことが起きたときは力になってあげてほしいことをしたためた。フレデリックがじゅうぶんな報酬金を渡したことは聞いたが、それ以上のことをなにかしたかったのだ。祖父はきっとフィンレイの気持ちを汲んで、デリックによくしてくれるだろう。

　あとは自分自身のさらなる回復を目指すだけだ。医師はもう日常生活へ戻る許可を出している。右肩も無理のない範囲で少しずつ動かすようにと言われた。

　けれどフレデリックが過保護ぶりを発揮して、フィンレイにさらなる安静を命じていた。目の前で伴侶を撃たれた心痛を慮り、ギルモアたちもフレデリックにあまり強くは言えないようだが、フィンレイは苛立ちを募らせた。これ以上、寝ていたら体が腐ってしまいそうだ。

　そもそもフィンレイは部屋でじっとしていることが得意ではない。太陽の下、子供たちとおしゃべりしたり遊んだりしていた方が、きっと回復は早いと思うのだ。そう主張してもフレデリックは「まだ安静に」と繰り返す。

　いいかげんうんざりして、フレデリックが役場に行っている昼間は、勝手に外に出ることにした。もちろん城の敷地からは出ていない。ギルモアたちも、それをわざわざフレデリックに報告しなかった。それがついに見つかったわけだ。フレデリックは転がっている球を拾い上げ、目を吊り上げている。

「フレデリック、あまり部屋にこもってばかりいては、体が鈍ってしまいます」

「鈍っても構わない。いまは静養するときだ。あなたは撃たれたんだぞ。あれから十三日しかたっていない。球遊びなんてとんでもない」

本気で怒っているフレデリックに、双子が身を寄せ合って怖がっている。ライアンは呆れた顔をしたが、ジェイとキースに「中でおやつにしようか」と声をかけた。三人とナニーがテラスから室内へと移動していく。

中庭にはフィンレイとフレデリックだけになった。

フレデリックの手から球が落ち、芝生の上をころころと転がっていく。それをなんとなく目で追ったフィンレイは、不意に抱きしめられて驚いた。フレデリックが苦しそうに顔を歪めながらフィンレイに頬ずりしている。

「フィンレイ、心配なんだ。無茶をしないでくれ」

「もう元気になりました。医師だって――」

「私が心配なんだよ」

それは知っている。床上げした日の夜から、フィンレイは領主の部屋でフレデリックといっしょに寝ていた。まだ抱き合うことはしていないが、以前のようにおたがいの顔を見つめ合いながら眠りにつくのは心が落ち着く。フィンレイは愛する夫がすぐ横にいるというだけで安眠できるのだが、フレデリックはちがうようだ。

夜中にときどきうなされている。気づいたときはフレデリックを起こすようにしていた。悪い夢を見ているときは途中で止めた方がいいと聞いたからだ。

本人は目が覚めると悪夢のことを覚えていないようだが、フィンレイの名前を呼んでいるから内容はなんとなく察していた。事件で心に傷を負ったのはライアンだけではない。フレデリックに安眠が訪れるようになるには、もうすこし時間が必要だろう。

だがそれとフィンレイが昼間に体を動かすことは別の話だ。

傷はまだときおり痛むが、ほぼ塞がっている。動かさなければ肩の可動域が狭まるし、筋力はいつまでたっても戻らないだろう。そろそろ射撃の訓練も再開したいところだ。いつまでもフレデリックがフィンレイの行動を制限していたら、なにもできない。

「……フレデリック、仕事は？　抜けてきたんですか？」

「休憩をもらった」

「では、とりあえずお茶でも飲みましょうか」

フィンレイが誘うと、フレデリックは頷いて体を離した。しかし体勢を変えただけ。フィンレイの腰に腕をまわし、フィンレイの頭に頬をくっつけるようにして歩く。非常に歩きにくいが仕方がない。

（んー……もう元気だってことを、どうしたらフレデリックはわかってくれるのかな）

フィンレイはくっつき虫のようになっているフレデリックをちらりと見て、あれこれと考える。ローリーが用意してくれたお茶を飲みながら、機嫌がなおってきたフレデリックの笑顔を眺め、ふと思いついた。ちょうど明日は仕事が休みだ。

（アレしかないか。よし、今夜やってみよう）

ふふふ、と含み笑いをして、フィンレイはカップごしに夫を見つめた。

家族そろっての夕食とその後の団らんを終え、子供たちを部屋まで送ったあと、フィンレイは自分の部屋で湯浴みをした。

念入りに体を洗い、保湿用の香油を全身に塗りこむ。そしてレースが縫いつけられた薄い夜着を身につけた。

「わあ……似合わない……」

自分の姿を鏡にうつしてみて、フィンレイは「むむむ」と眉間に皺を寄せる。女性が男性を誘惑するときに使う色気重視の夜着らしい。

自分が元気になった証拠としてフレデリックとの夫婦の営みを再開させたいと思ったフィンレイは、恥ずかしかったがローリーに相談してみた。

「フィンレイ様がお元気になったのなら、夫婦生活を再開されるのはとてもよいことだと思います」

人生の先輩であるローリーは大賛成してくれた。彼女もフレデリックの過保護ぶりをよしとしてはいなかったのだ。

「でもフレデリックは私の誘いに乗ってくれるかな？」

「愛する妻が誘って靡かない夫など、男の風上にも置けません。けれど旦那様はフィンレイ様の体調を気にして我慢なさるかもしれません。我慢できないほどに旦那様をその気にさせるために、できるだけのことはしてみましょう」

ローリーは「任せてください」と張り切ってどこかへ出かけていき、戻ってきたときには色気満載の夜着を持っていた。城下街にはこんなものを売っている店もあるらしい。

「これを着て迫れば、旦那様はイチコロですよ」

自信満々にローリーは断言した。たしかに夜着は色っぽい。けれどこれをフィンレイが着て似合うかどうかは別だと思うのだ。かといって、恋愛も性的な経験もフレデリックただ一人というフィンレイは圧倒的に知識が足りず、ほかに妙案など浮かばない。

「んー……とりあえず、着ておこう。あー、下半身がすぅすぅする」

下着はつけないようにとローリーに言われたので、ぺらぺらの夜着一枚だ。うっすらと股間が透けて見えているが、きっとこういうものなのだ。

ひとつ難を言えば、右肩から上腕にかけて包帯が巻かれているのが丸見えだった。フレデリックは激しく気にしそうだ。

「でも、包帯はまだ取れないし、仕方ないか」

フィンレイは夜着の上にガウンを羽織った。もしこの夜着を見てフレデリックが「なんてものを着ているんだ。似合っていないよ」と笑ってくれたら、それはそれでいい。こんなものを着てしまうほどフレデリックと抱き合いたいのだと説明すれば、わかってくれるだろう。ローリーの気遣いを無駄にしたくない。

隣にある領主の部屋へ行くと、フレデリックはいつものように暖炉の前で蒸留酒を飲んでいた。もう晩春だが、暖炉には火が入っている。ディンズデール地方は真夏以外でも朝晩がそこそこ冷えるので、城ではこうして少しだけ暖炉を使う。庶民の家は薪の節約のために真冬以外はあまり使わないようだ。夜更かししないのが基本だから、それで暮らしにくいということはないのだろう。

「フィンレイ、あなたも飲むか？　いや、肩のケガによくないんだったな」

「それ以前に蒸留酒は苦手です」

毎晩のお決まりの会話だ。だがここからは、いつもとちがう。フィンレイはフレデリックの隣に座らず、横に立った。夫の手からグラスをそっと取り上げる。

「どうした？」

フレデリックが不思議そうにフィンレイを見上げてきた。端整な顔をじっと見下ろし、その滑らかな頬に手を添える。少し上体を倒して触れるだけのくちづけをした。フレデリックの碧い目が、驚いたように見開かれる。

事件後、何度もくちづけはしていた。しかしそれはすべて親愛の情を表わすくちづけで、欲望をともなっているものではなかった。フレデリックの中でいまのフィンレイは療養が必要なケガ人であり、性愛の対象から外れているのだ。

フィンレイも医師に安静を言い渡されている期間は、性欲などカケラも湧いてこなかった。けれどもう床上げもしたし、子供たちと球遊びをするくらい元気になってきた。夫婦生活を再開させようかと思いついたとき、ひさしぶりに性欲を感じた。

思えば一カ月近くも抱き合っていない。昨年末、王都であれこれあったとき以来の空白期間だった。花祭りの前から慌ただしい日々を過ごしていたので、二人ともそんな余裕をなくしていたのだ。

その気になって夫にくちづければ、身の内に火がついたのがわかる。フィンレイを抱きしめて快楽を与えてくれる肉体が、こんなに近くにあるのだ。結婚して二年以上がたつ。最初の半年はかたちだけの夫婦だったが、心が通じ合ってからは週に二度か三度は抱かれてきた。なにも知らなかったフィンレイの体はとうに男に抱かれることに慣れてしまったし、フレデリックのやり方を熟知している。

ケガが治ってきたら愛する夫と抱き合いたいと思うのは当然なのだ。

欲望の炎がじわじわと大きくなってきた。早く抱きしめてもらいたい。そして体中に触れてもらいたかった。

「フレデリック、今夜はもうお酒は終わりにして、寝台に行きましょう」

行くだけではないことを匂わせる口調だったから察したのだろう、フレデリックが視線を泳がせる。「いや」とか「でも」とかもごもごと言って立ち上がらない。

「私はまだ眠くないから、先に寝ていてくれればあとで……」

「いっしょに寝たいから誘っているんです。ほら、立って」

「今夜の分の酒がまだ残っているし」

取り上げたグラスの中の蒸留酒をちらりと見ているフレデリックに若干イラッとして、フィンレイはグラスを一気にあおった。苦手な酒をごくごくと飲み干してしまう。喉が焼けるように熱くなり、ついで胃が燃えた。それを気力でぐっと抑えつけ、空になったグラスをテーブルにダンと音をたてて置く。さあどうだ、と言わんばかりにフレデリックを見下ろしたら、ちょっと引いていた。

しまった、とすぐに後悔が襲ってくる。夫婦の営みに誘っているのに、闘いを挑むようなやり方をしては逆効果だ。しゅんと肩を落としたフィンレイに、フレデリックが苦笑した。

「フィンレイ、蒸留酒はそんなふうに飲むものではないよ」

「はい、そうですね」

よく味もわからないフィンレイに自棄（やけ）気味に飲まれては、手間暇かけて蒸留酒を造った職人たちに申し訳ない。それにあれはフレデリックのものだ。

「おいで」

　フレデリックに腰を抱かれ、膝に乗せられた。体格の差があるため、フィンレイはすっぽりと腕の中におさまってしまう。がっしりとした胸に凭れて、広い肩に頭を傾けた。

「誘ってくれるのは嬉しいが、私はまだその気になれない」

「私はもう元気です」

「そうだな、元気そうだ」

　くすくすと笑いながらフレデリックがちゅっと頬にくちづけてくれる。

　言葉どおり、フレデリックからはそうした官能の雰囲気はまるで感じられない。仕方がない。こればかりは精神的なものが左右するのだ。

「……せっかくローリーに用意してもらった夜着が無駄でしたね……」

　ため息まじりの呟きに、フレデリックが「なんのことだ？」と聞いてきた。

「あなたをその気にさせるための夜着を、ローリーが急遽、買ってきてくれたんです。あ、でも、購入費用はちゃんと私のお小遣いから出しましたから、ローリーを叱らないでくださいね」

「私をその気にさせる夜着だと？　どういうものだ？」

「見ます？　笑わないでくださいね」

　そう言いながらフィンレイ自身がもう笑っている。膝に乗ったまま、腰で縛っていたガウンの紐を解く。ちらりと前合わせを開いて、「こんな感じ」と見せた。恥ずかしいのでサッと閉じてしまう。

「待ちなさい、よく見えなかった。もう一度」

「え、そうですか?」

ふたたび合わせを開く。数秒後にまた閉じた。予想していた笑いが起きず、フィンレイは無言でいるフレデリックの顔を覗きこんだ。

「見ました? 似合わなくて笑えるでしょう。いつもの夜着に替えてきますから――」

「そのままでいい」

ひょいと膝から下ろされ、フィンレイはフレデリックの正面に立たされた。大真面目な顔をしているフレデリックがあらためてそろりとガウンの合わせを開き、フィンレイの姿をまじまじと見つめる。

「これを、ローリーが買ってきたのか。あなたに着せるために」

「そうですけど……。あの、フレデリック、恥ずかしいのでそんなにじろじろ見ないでください」

フィンレイは両脚を擦りあわせるようにもじもじした。全体的に薄い生地で仕立てられた夜着は、乳首の部分に穴が開いている。肩紐はレース。臍のあたりにも穴が開けられ、太腿の半ばくらいまでの丈だ。裾にもふんだんにレースが使われている。本人は気づいていなかったが、繊細な糸で編まれたレースはフィンレイの肌の白さを引き立てていた。

「ガウンを脱いでみせてくれないか」

意外にもフレデリックはこの夜着に興味津々だった。真顔なのにじわじわと鼻息が荒くなってきている。フィンレイは唖然としつつもガウンを脱いだ。

暖炉の炎に照らされたフィンレイを、フレデリックがじっくりと見つめる。右肩の包帯に言及するかと予想していたが、いまのところそれはない。鋭い視線が上から下へ、下から上へと、何度も往復した。じっと視線が動かないときもある。穴が開けられた乳首と、股間のあたりだ。まるで人生の意味について熟考している学者のような真剣なまなざしを注いでいる。

恥ずかしい。この体のすべてをフレデリックはもう知っているし、触れていないところなどないのに、こんなふうに見つめられると恥ずかしくてたまらない。

まるで視線に炙（あぶ）られているようで、フィンレイは体が熱くなってきた。もしかしたら蒸留酒の一気飲みのせいもあったかもしれない。

「あの、フレデリック……」

見られているだけなのにフィンレイも呼吸が忙しなくなってくる。

「もう、ガウンを着てもいい？」

「ダメだ。まだ見ている。後ろを向いて」

言われるがままに背中を向けた。さすがに後ろ姿まで鏡にうつしてまじまじと確認していないので、夜着の自分がどう見えているのかわからない。もしかして尻が透けているのではと気づいた。前があれだけ透けているのだから、後ろだけ透けないわけがない。

とっさに両手を後ろに回して尻を覆った。

「フィンレイ、手が邪魔だ」

「でも、見えていますよね？」

「見せるための衣装なのだろう？」

ほら、と手を突つかれて、仕方なく両手を戻した。いつまでこの羞恥の時間は続くのだろうか。恥ずかしいと思えば思うほど、なぜか体が熱くなってくる。フィンレイの性器は緩く勃ちあがってきていた。

見られているだけでこんな状態になるなんて、恥ずかしさの極みだ。もう終わってほしい。それなのに。

「触れてもいいか」

「えっ？」

返事を待たずに、フレデリックが薄い生地の上から尻を撫でてきた。たったそれだけでぞくぞくとしたなにかが背筋を這い上がってくる。キュッと臀部の筋肉に力が入った。それを揉みほぐすようにフレデリックの大きな手が動く。

「あっ……」

谷間をわずかに開くようにされ、うっかり声が出た。自分でもわかるくらいに甘い声だった。全身に浴びせられた視線と、尻を揉まれたことだけで、もうその気になってしまったと言ったも同然だろう。

恥ずかしさに消え入りたくなった。フレデリックの耳にも聞こえただろうに、尻を揉む手はとまらない。むしろさらに熱心に揉んでいる。その手が妙に熱く感じるのは、気のせいだろうか。

フィンレイの股間はもう薄布を完全に押し上げて勃起している。先端からにじみ出た体液が、夜着を濡らしているのがわかった。

尻の谷間にぐっと指が押しこまれた。夜着の布ごと入ってきて、フィンレイは瞠目する。

念入りに湯浴みをしてきたのできれいになっているはずだが、そんなふうにされたら新品の夜着が台無しになってしまいそうだ。けれどやめてほしいとは言えない。布ごとめりこんでくる異様な感触に、フィンレイの体は高揚していた。

腿がぷるぷると震えてきた。前は勃起しているし、後ろへの刺激もあいまって立っていることが辛くなってくる。

「あっ」

フィンレイは、がくっと膝から崩れ、倒れそうになった。背後からフレデリックの腕がサッと腰を引く。そのままフィンレイはフレデリックの膝に座る体勢になった。

「ご、ごめんなさい、フレデリック」

慌てて立ち上がろうとして、臀部にゴリッと固いものが当たっていることに気づいた。位置的に、フレデリックの性器だ。その気になれないと言ったフレデリックだが、フィンレイの夜着姿に興奮してくれたということだろうか。

そろりと振り向くと、フレデリックは頬を赤らめてそっぽを向いていた。

「その……ローリーの気遣いに応えてやるのも主人の役目かもしれないなと、思う」

素直に「その気になった」と言えばいいのに。かわいく意地をはる夫に、フィンレイは上体を捻って抱きつき、くちづけた。

「私も同意します」

「そうか」

「寝台に行きましょう」

「そうだな」

フレデリックはフィンレイを抱えて立ち上がった。寝台まではほんの数歩なのに、たどり着くまでに何度もくちづける。寝台に下ろされたフィンレイは両腕を広げ、覆い被さってきたフレデリックを受け止めた。

この夜着の使い方を正確に把握したと行動で示すためか、フレデリックは乳首の部分にあいた穴に舌を差しこんできた。夜着をまとったままで直接乳首を愛撫されるという倒錯的な行為に、フィンレイは妙に煽られた。酒がさらに回ってきたのかもしれない。体がどんどん熱くなってくる。

「ああっ」

勃起した性器を布ごとフレデリックに掴まれた。そのままゆるゆると上下に扱かれ、にじみ出した体液がくちゅくちゅと粘着質な音をたてる。そんな淫らな音が自分の体から出ていると思うと、穴があったら入りたいくらいに羞恥が募るが、それもまた官能の炎をさらに燃え立たせる燃料になっていると知っていた。

そんなことを覚えたのも、幾度もくりかえしたフレデリックとの夫婦の営みからだ。

左の乳首を吸われながら右の乳首を指で弄られる。同時に勃っている性器を扱かれて、フィンレイはもう声を抑えられなくなった。

「ああ、あんっ、フレデリック、もう、だめ、だめ……っ」

忙しさとケガで禁欲を強いられていた若い体が、たまりにたまった欲望の解放先を求め、下腹部でぐるぐると渦を巻いているようだ。薄地の夜着一枚では肌寒いはずの室温なのに、フィンレイは全身にしっとりと汗をかいている。

「もう、だめ、出る、出ちゃいそうです、フレデリック、だめ」

頬を紅潮させて悶え、敷布の皺をどんどん複雑にしていった。このままひとりでいきたくない。ひさしぶりなのだから、ふたりいっしょに気持ちよくなりたい。フレデリックの体も高ぶっているはずなのだ。

そう訴えても、フレデリックは愛撫を緩めてくれなかった。

「あ、あ、あ、やだ、あーっ、やあっ」

我慢できずに、フレデリックの手の中に白濁を迸らせてしまう。きつく閉じたまぶたの裏がチカチカするような快感だった。

どっと脱力感が襲ってきて、フィンレイは四肢を投げ出す。酷い、こちらのお願いを聞いてくれずに——と夫を詰ろうとしたが、フィンレイは言葉を飲みこんだ。

フレデリックがフィンレイの夜着をめくりあげ、いま達したばかりの萎えている性器を口に含んだのだ。

「あ、待って、フレデリック、そんな……あ、んっ」

両脚を広げられ、フレデリックが間に体を入れてくる。その両脚は肩に担ぐようにされてしまい、否応なく下半身を浮かされた。すごい格好をさせられているとわかっていても、いかされた直後に口淫されて全身が蕩けていく。思考力も奪われていき、抗うどころか、文句の言葉すら頭に浮かんでこない。

フレデリックはフィンレイの性器を口淫しながら、尻の谷間に指を滑らせてくる。さっき暖炉の前で少し弄られていた窄まりは、つぎの刺激を待っていたかのように、すんなりとフレデリックの指を受け入れた。

「あっ、んんっ、ああ、ああっ」

気持ちいい。たまらない。フレデリックの指は、的確にいいところを擦っている。フィンレイのすべてを知り尽くしているのだ。

指が二本になった。粘膜を緩く広げられ、フィンレイは官能のため息をつく。

フレデリックが口淫をやめ、寝台横の引き出しに手を伸ばした。香油の瓶を取り出すと、手早く自分も全裸になる。

フィンレイの股間に、フレデリックが香油を垂らした。ひさしぶりの香りに、ますます欲望が募ってくる。フレデリックはぬるぬると両手で香油を塗り広げながら、なにかを呟いた。よく聞こえなくて「なに？」と掠れた声で尋ねる。

「可愛い、と言った」

目を伏せぎみにして、フレデリックがぽつりと答える。薄暗い中でもわかるくらい、夫の顔は赤くなっていた。夜着姿の妻を可愛いと思ったらしい。

思わず、ふふっと笑ってしまった。ムッとした気配のあと、指がさらに増やされて三本挿入される。ああ、と背筋を撓らせてフィンレイは喘いだ。

「私はいつでもあなたを可愛いと思っている」

「あ、んっ、フレデリック……！」

「あなたの顔も、手足も、もちろん性格も可愛い。このしなやかな背中も、小ぶりな性器も、感じやすい乳首も、そして――私を深い官能の世界へと導いてくれる、ここも可愛い……」

指がぬるりと引き抜かれた。かわりにあてがわれたのは、フレデリックの剛直。熱く張ったそれが、ぐっと押し入ってきた。丁寧に解され、香油で濡らされたそこは、ゆっくりとそれを受け入れていく。奥まで到達した屹立のかたちに、たまらなく感じた。

痺れるような愛しさが腰からじわりと広がっていく。指先にまで満ちていくような気がして、幸せのあまり泣けてきそうだった。フレデリックの背中にその指で縋りつく。

やはり夫婦はこうして触れあった方がいい。年齢とともに回数が減っていき、そのうちできなくなるだろうけれど、それまでは――いや、体を直接繋ぐことができなくなっても、肌を重ねて体温をじかに感じることはできる。とても大切なことだ。

「ああ、フィンレイ……」

陶然としたフレデリックの呟きが耳に吹きこまれ、くすぐったい。二人とも微笑みのかたちの唇でくちづけをした。唇を吸われながら、腰をゆったりと動かされる。久しぶりだからフレデリックが加減してくれているのがわかった。

緩やかな揺れに身をまかせ、フィンレイはくちづけを返す。けれど気持ちとはうらはらに体はもっと強い刺激を欲していたようで、体内のフレデリックを粘膜が勝手にきつく締めつけた。じわりと快感が増して、フィンレイはのけ反る。

くっ、とフレデリックがかすかに呻いた。締めつけに逆らうように抜き差しが大きくなっていく。右肩がもっと痛むかと覚悟していたが、快楽に紛れてそれほどでもなかった。感じやすい粘膜をまんべんなく擦られ、カアッと全身が燃え上がる。

「あ、あ、あ、フレデリ、ああ、あんっ、そこ、ん、んーっ」

「ここか？　こうするといいだろう？」

微妙に腰の動きを変えられて、ひぃと声を上げる。フィンレイは体をくねらせ、過ぎる快感を逃がそうとした。けれど避けられるわけはなく、抉るように突かれて嬌声がとまらない。

「あぁーっ、あーっ、いや、そんな、あん、あ、あーっ」

「ああ、素晴らしい、フィンレイ……」

ぐぐっとフレデリックのそれがさらに膨らんだのがわかる。張りだした傘の部分でとろとろになった粘膜をかき回され、腰から下がじんじんと痺れていた。焼けた鉄の杭のような剛直を、無意識のうちにきゅうと絞る。

「う、くっ」

フレデリックが低く呻いた。同時に熱いものが体内に迸るのがわかった。大量に吐き出されたそれは愛の証だ。フィンレイは背筋を震わせて、静かに二度目の絶頂を迎えた。

繋がりを解くと、フレデリックはフィンレイの横に自分も体を横たえた。汗ばんでいるフィンレイの額を撫で、愛しそうに頬にくちづけてくる。そしてまだ見るか、と言いたくなるほどに夜着姿のフィンレイを眺めた。

着たまま性交したので、ところどころ香油と体液で汚れてしまった。洗えば落ちるだろうか。はっきりとは言葉にしていないが、どうやらフレデリックはこれをかなり気に入ったようだ。洗濯して置いておけば、再度の出番があるかもしれない。それをローリーに頼んでいいものかどうか、フレデリックの沽券に関わりそうなので躊躇ってしまう。

そんなフィンレイの悩みなど察していない様子のフレデリックは、おもむろに手を伸ばして夜着のレースに触れたり、弄られて赤く腫れたままになっている乳首を摘まんだりしてくる。

「もう触らないでください」

極めたばかりで全身の肌がまだひりひりしている。そっとしておいてくれないと、それがなかなかおさまらない。

「どうして触ってはだめなのだ？」

「どうしてって……」

今夜はこれで終わりではないのか、と聞こうとしてやめた。視界に入ったフレデリックの下半身で、一度放っただけでは足りないと主張するかのように、漲った性器が反り返っていたからだ。

そうだ、フレデリックは一晩に何度も挑めるほど精力が強い方だった。自分がもう二度も達していたので、すっかり終わった気でいた。

「フィンレイ」

熱のこもった目で見つめられながら艶っぽい声で名前を呼ばれ、背筋が震えた。フィンレイは腕を伸ばし、フレデリックの頭をかき抱く。今度は自分が覆い被さるようにしてくちづけた。

舌を擦り合い、絡め合う。フレデリックの舌が気持ちよくて夢中になっているあいだに、いつのまにかフィンレイは夫の体の上に乗っていた。重なった腹の間に、灼熱の剛直がある。それを意識するだけでフィンレイの股間は熱くなった。

「あ、ん、ん、ん、んっ」

夜着の中でフレデリックの手が這い回っている。脇腹や背中を撫でられてもじもじと腰を揺すりつつも、くちづけを解かない。

「んんっ」

フレデリックの手がフィンレイの尻をいやらしく揉みはじめた。さっき中に出されたものが、香油と混ざってじわりと流れ出てきてしまう。いつまでたっても慣れることはできない。かといって、フレデリックが外に出すのは、なんだかいやだった。

フレデリックの指が尻の谷間をくちゅくちゅと弄る。流れてきたものを中に戻そうとでもするような動きが、もうたまらない。指などでは物足りないのだ。高ぶった体は、もっと太いもので栓をしてくれることを欲している。さらに、もっと長いもので奥まで嬲ってほしいと切なく悶えていた。

フィンレイはくちづけを解き、後ろ手にフレデリックの屹立を掴んだ。腰を浮かせて、みずから後ろの窄まりにあてがう。はしたないと思われてもいい。フィンレイはいますぐフレデリックの熱がほしかった。

夜着の裾がじゃまだったので、めくり上げて口にくわえる。下になっているフレデリックに凝視されているとわかっていたが、もうとまらなかった。

ゆっくりと腰を落としていく。フレデリックのそれが、濡れて解れきっている窄まりにずぶずぶと入ってきた。全身が歓喜に震える。

「あ、あ、あ……」

ぺたんとしゃがみこむほどに挿入して、その固さと熱さに陶然としていると、フレデリックが下からぐっと突いてきた。

「ああっ！」

いきなり激しく突き上げられ、まるで暴れ馬に翻弄されるようにフィンレイは揺さぶられる。ぐらぐらと定まらないフィンレイの腰をフレデリックが掴み、めちゃくちゃにかき回された。

「ひ、ぃあ、んっ、あ、あ、ああ、んーっ！」

あっという間に三度目の絶頂に連れて行かれる。がくがくと全身が痙攣したようになり、頭が真っ白になった。

一瞬、意識が飛んでいたかもしれない。気がついたらフレデリックと繋がったまま寝台に背中をつけていた。両脚はフレデリックの両脇に抱えられている。夜着はやっぱり着たままで、脱がせてくれないらしい。

「大丈夫か、フィンレイ？」

はい、と答えたつもりだが声になっていなかった。

「すまないが、もう少し私に付き合ってくれ」

申し訳なさそうな口調ながら、フレデリックの体はヤル気が漲っている。フィンレイの腹の奥までずっぷりと埋められたものは、熱く脈動していた。たとえ疲れ果てていても、自分の体で夫が快感を得てくれていること、求められていることが実感できて、フィンレイは嬉しい。

了承の意味で微笑むと、安心したようにフレデリックが動き出した。もう体力も精力も残っていないと思っていたが、この一年半の夫婦生活でフィンレイも鍛えられていたのかもしれない。ちゃんと感じることができて、性器は緩く勃起した。

「ああ、フィンレイ……」

とても気持ちよさそうな表情でフレデリックが動いている。やがてフィンレイの片足を下ろし、それぞれの脚を交叉（こうさ）して繋がる体位になった。ひときわ強く突かれた瞬間、かつてない最奥まで抉られた感覚がした。

　フィンレイが息を呑んだと同時に、フレデリックが目を見開く。確かめるように二度三度と最奥を突かれ、目が眩（くら）むほどの快感にフィンレイは愕然とした。

「な、なに…？」

「素晴らしい、フィンレイ、ああ、なんてことだ」

「なに？　やだ、これ、こわい……」

　いったいなにが起こったのかとフィンレイは涙目になる。こんな快感、知らない。

　フレデリックが喜色を浮かべながら、フィンレイの薄い腹を撫でた。臍の下あたりをぐっと押され、「ひっ」と声を上げてしまう。そこまで到達しているフレデリックの性器のかたちが、まざまざと感じられたからだ。

「な、なにが……？」

「いままでよりも奥に、私が入ったんだよ。歓迎してくれて、ありがとう」

「えっ？」

　戸惑っているフィンレイをよそに、汗ばんだ顔に笑みを浮かべたフレデリックは張り切って腰を動かしだした。ぐぽっと音が聞こえてきそうなほど、フレデリックの先端が最

奥を抉る。

異様な感覚が凄まじい快感だとわかり、フィンレイは惑乱した。

「ああ、あーっ、いや、それいや、あーっ」

泣きながら敷布に縋りつく。けれど容赦なく最奥を攻められて、フィンレイは絶頂に達した。精液は一滴も出ない、乾いた絶頂に何度も押し上げられる。

「いやぁ、もういや、ゆるして、ゆるして」

「ああ、そんなに泣いて、フィンレイ、なんて可愛いんだ……」

「もう奥はいやぁ」

「いやなのか？　でも気持ちいいのだろう？　ほら、正直に言いなさい。気持ちいいか？」

「い、いい、いいけど、でも、こわい、こわいから」

「気持ちよすぎて怖いなんて、ああ、私の妻はなんて可愛いんだろう」

切実な思いを訴えたはずなのに、なぜかフレデリックをさらに興奮させてしまった。

また腹をてのひらで押さえられる。その中でごりごりとフレデリックの性器が動く。

「ひぃ、や、やめ、それ、ああっ、あーっ、あーっ！」

どっと涙が溢れて顔がびしょびしょになった。その涙をフレデリックが嬉々として舐めとる。絶頂の予感に、きゅうっと全身が勝手に緊張した。

「くっ、うぅ……っ」

フレデリックが呻きとともに最奥に体液を迸らせる。その刺激がトドメとなって、フィンレイもまた達した。

「愛しているよ」

夫の満足そうな囁きを聞いたような気がしたが、フィンレイは意識を失った。

翌朝は酷いものだった。

フィンレイは寝台から起き上がれず、ガラガラに掠れた声で子供たちに「風邪を引いたみたい」と説明して遠ざけなければならなかった。

好き勝手に抱いた夫に怒りをぶつけたかったが、夜着を使ってまで誘ったのはフィンレイの方だし、上機嫌でフィンレイの食事や着替えの世話を焼いてくれるフレデリックになにも言えなかった。

いまさらのように右肩を心配するフレデリックに、自分は大丈夫だから仕事に行ってほしい、と寝室から追い出した。そのあと、フィンレイはローリーを呼んだ。

体液と香油と汗で激しく汚れた夜着を丸めて手巾で包み、ローリーに渡す。ほかの使用人に見られないように。

フレデリックが気に入って昨夜はうまくいったが、これをどうしよう――と相談すると、ローリーはにっこり笑って、こう言った。

「それはようございました。これはわたくしが責任を持って洗っておきます。旦那様がお気に召したのならば、今後もお使いになるでしょう。手巾で包んだ状態で香油の引き出しに入れておきます」

　さすが人生経験が長いだけある。フレデリックの妙な性癖が出現してもローリーはまったく動じることなく、こっそり洗ったのち引き出しに入れておくと約束してくれた。とてもありがたいと思った。

　しかしフィンレイは複雑だ。夜着で興奮したフレデリックに、また昨夜のような抱き方をされたら、翌日は立てなくなることがわかっている。黙って処分しておいた方がよかっただろうか。

「例の店に新作が並んだら、購入しておきますね」

「あ、うん……」

　ローリーはあくまでも領主夫妻の充実した性生活を応援するつもりでそう言ってくれたのだろうが、フィンレイはどうしても笑顔がこわばったのだった。

◇

ディンズデール地方領に初夏の風が吹きはじめたころ、王都からアーネストの手紙が届いた。

事件から一カ月以上がたち、領地は平穏を取り戻していた。火事の被害者には見舞金を配り、家を建てなおしている者には便宜をはかっている。『朱い狼』の一味を追うさいに負傷した領兵たちの治療費は、全額を領政が負担することに決めた。後遺症いかんによって辞めざるをえない者には規定の退職金を割り増しして支払うこともフレデリックが提案し、議会によって承認された。

フィンレイは射撃訓練を再開している。右肩は医師が驚くほどの回復ぶりを見せ、短銃の的中率は元の九割五分には届かないまでも、七割ほどには戻っていた。

射撃訓練場で居合わせた領兵たちは、「さすがフィンレイ様」と感心しているようだが、傷が癒えたあとの地道な基本訓練の努力は、夫であるフレデリックしか知らない。

何日ものあいだ固定されていた右肩の筋肉は痩せ、硬くなっていた。わずかに神経が傷ついていたこともあり、少しずつ動かし、可動域を広げつつ筋肉をつけていくのは根気が必要だった。指先を使う、猟銃の手入れなどの細かな作業をあえて自分に課すこともしていた。フィンレイはめげることなく、毎日こつこつとそれを繰り返したのだ。

そのあいだ、左手での射撃訓練も欠かしていなかった。命中率の目標は九割五分以上。衰えた右手よりもずっと使えるようにしておきたいと言って。

そうこうしているうちに右手での的中率が上がってきたが、長時間、銃を構えていると肩から肘のあたりが痺れてくる。そういうときはどれだけ休憩すれば復活するか、構え方を変えるとどうなるか、といろいろと試しているところだと話してくれた。

家庭教師のランズウィックは、まだ城にいる。当初の契約どおり、今年の八月末までライアンの教師を続けてもらうことになった。

彼はライアンの誘拐にまんまと利用されてしまったわけだが、それを「あまりにも不用心だった」と心から反省し、十七歳も年下のライアンに頭を下げて謝罪してくれた。その誠意をこめた謝罪をライアンが受け入れ、フレデリックも許した。

ライアンの留学時期については、まだ確定していない。心の傷はすこしずつ癒されているようだが、王都であたらしい生活に挑めるほど回復しているかどうかは、本人にもわからなかった。ライアンはまだ双子といっしょに寝ている。気長に見守っていくつもりだ。

領兵の訓練場から城に戻ったフィンレイを、フレデリックは待っていた。お茶の時間をともに過ごそうと、訓練場に伝えてもらっていたのだ。

「おかえり、フィンレイ」

「ただいま戻りました」

訓練用の服からいつもの普段着に替えたフィンレイを軽く抱きしめる。髪からかすかに火薬の匂いがした。領主の部屋のティーテーブルに向かい合って座り、メイドにお茶を淹れてもらう。

屋外での訓練で汗をかいたのか、フィンレイは熱いお茶をおいしそうに飲んだ。

フレデリックは上着の隠しからアーネストの手紙を出した。

「アーネストからの手紙ですか……。私が読んでもいいのですか?」

「構わない。ディミトリアス殿下の処遇が決定されたそうだ」

フィンレイは神妙な顔で封筒から便箋を取り出した。

アーネストの流麗な文字で書かれていたのは、ディミトリアスは北方の僻地にある貴族専用の罪人の塔に収監されると決まったことだった。

ディミトリアスは今回の事件の首謀者であることを認めていない。しかし『朱い狼』の一味が雇い主はディミトリアスだと証言し、協力していた貴族たちとやり取りした手紙なども証拠として押収された。

さらにライアン誘拐の実行犯と目されていた元男爵カーティスが、王都近郊の街で発見され、捕えられた。娘として連れ歩いていた若い女性は、金で雇った女優だった。その女優も見つかり、カーティスに頼まれて演技をしたと証言。誘拐されたライアンの世話を最初の二日間だけ任されていたことも話したため、カーティスは観念してディミトリアスに協力したことをすべて白状した。

ディミトリアス本人の自白がなくとも、それだけの証拠があってはどうしようもない。

実際、フィンレイを撃ったのはディミトリアスだ。ディミトリアスは正当防衛を主張したそうだが、目撃者ならフレデリックをはじめ領兵が二十人ほどもいる。目撃者の中から、隊長のアボットが数人の領兵を選んで王都へ連れて行った。全員が、ほぼ背中を向けていた無防備なフィンレイをディミトリアスは撃った、と証言した。

ディミトリアスが罪を認めずとも事実は明白で、国王ジェラルドは懊悩しながら北の塔の使用許可を出したらしい。

「北の塔ですか……」

「快適には過ごせそうにない場所のようだな」

「話でしか聞いたことはありませんが、とにかく冬は寒いらしいです。そして監視は厳しく、収監されたら脱獄はほぼ不可能で、よほどのこと——恩赦だったり冤罪が確定したりしなければ、出ることは許されないとか」

「仕方がない。殿下はそれだけのことをしでかした」

フレデリックは当然だと吐きすて、唇をぐっと引き結んだ。その横顔をちらりと見て、フィンレイが苦笑する。

「不服ですか」

「……不服だな。ディミトリアス殿下は極刑に値すると思う。生かしておくと、碌なことをしないだろう。わが領地の平和のためにも、ぜひ天に召されてほしい」

「国王の決定に異議を唱えるのですか。不敬ですね」

「不敬だと？　おおいに結構。完全な逆恨みであなたは撃たれたのだぞ。ライアンは心身ともに傷を負った。それだけでなく、城下街に火を放ち、死者が出た。何人もの人が家を失った。丹精こめて造った酒を奪われたり慈しんで育てた子牛を盗まれたり、なんの罪もない領民が、なぜそんな目にあわなければならなかったのだ。本当に碌でもない男だ」

国王は息子に甘すぎる。ディミトリアスが侯爵家出身の正妃の息子だからだろうか。

侯爵家の現当主は、亡き王妃の実弟だ。国内の上級貴族たちをあまり刺激したくないのはわかるが、ディンズデール家にも面子がある。領主としても、一家の主としても、この決定には不満があった。

フレデリックは、フィンレイに「続きがある。読んでみなさい」と促した。

二枚目の便箋には、確定した刑を「重すぎる」として、第一王子ウィルフが国王に手紙を送ったと書かれているのだ。

一昨年の秋、ウィルフは人を雇ってフレデリックの命を狙った。動機は完全な私怨。その罪により王太子の座から下ろされ、王都を追放された。監視はついていないが、地方の離宮で妻子とともに暮らしている。

地元の人々となにか揉めたとか大きな問題を起こしたとか、王都に戻りたいと言っているとか、聞いたことはない。田舎暮らしが意外と性に合っていたのではないかと言われている暮らしぶりだという評判だ。

そのウィルフが、ディミトリアスの刑をいち早く耳に入れ、「厳しすぎる。もっと温情があってもいいのではないか」と国王に減刑を訴えているらしい。

ウィルフとディミトリアスは、国王の正妃が産んだ兄弟だ。やはり他の弟妹たちとはちがう、特別な情を感じているのだろう。ウィルフは、自分がディミトリアスを預かって更生させるから任せてほしい、と願い出ているそうだ。

「……父上はどうするのでしょうか……」

「どうもこうも、すでに刑は確定している。北の塔への護送の準備ははじまっているだろう。国王がここで親としての情に流されてしまっては、いくらなんでも他の王族や貴族に示しがつかない」

「そうですね」

「できれば北の塔で亡くなってほしいものだが、しぶとく生きていたならば、寿命が尽きるころに塔から出し、ウィルフ殿下の監視下に移され、気候のいい場所で最期を迎えてもらってもいい。そんな幸せな死を、あの男に与えたくないが」

つけくわえた最後の一言を聞いて、フィンレイがまた苦笑いする。

「ウィルフ殿下の気持ちはわかるが、諦めてもらうしかない。ディミトリアス殿下は、野に放ってはだめだ。性格がねじ曲がっている。こんなことになっても、潔く自死を選択することができない。牢獄が似合いだ」

「それほど腹を立てながらも、復讐を考えず我慢しているあなたは偉いと思いますよ」

「あたりまえだ。私はディミトリアス殿下とおなじところには落ちたくない」

「おなじところ、ですか」

「あの山の中で怒りにまかせ、どさくさに紛れてディミトリアス殿下を殺してしまっても、おそらく私は王国側から罪に問われなかっただろう。あの場にいたのは、私に不利な証言などしなさそうな身内ばかりだったし、やり返しても不問にされるだけのことをされた。けれど私は我慢した。腸がぐつぐつと煮えるほどの怒りを覚えていたが、ディミトリアス殿下になにもしなかった」

　すべては、ディミトリアスのような品性のない卑怯者になりたくない、という思いからだ。おなじようにやり返してしまってはフレデリックも鬼畜に落ちてしまう。

「そうだったんですか……」

　フィンレイが少し驚いたような表情でフレデリックを見つめてくる。

「じつは私も、あのとき――ライアンが猟師小屋で見つかったとき、『朱い狼』の一味に猛烈な殺意を覚えました。ライアンをこんな目に遭わせたあの男たちが憎くてたまらなくて。全員撃ち殺してしまいたいと思いました」

　ライアンが無事に見つかり泣いて喜んでいただけではなかったと、フィンレイが静かに告白する。

「あなたとおなじように、私もあそこで男たちを殺してしまっても、罪に問われないだろうと考えました。でも、それをライアンに見られたくなかった。すでに捕縛されている男たちは抵抗できません。極悪人とはいえ、その状態の人間を撃ってはいけないし、ディミトリアスの罪を確たるものとする証人だと、思い留まりました」

「フィンレイ」

フレデリックは手を伸ばし、フィンレイの肩をそっと撫でた。よく思い留まってくれた、という気持ちをこめて。

手紙を封筒に戻し、フィンレイがフレデリックに差し出す。それを受け取り、上着の隠しに入れた。

ディミトリアスは北の塔に収監される。その処遇をフレデリックが不服に思っても、変わることはないだろう。これで、春先から領地内で起きた数々の事件はひとつの終わりを迎えたのだ。

ふと、開けた窓からかすかにバイオリンの音が聞こえてきた。

「キースですね」

フィンレイが微笑んで、音色に耳を傾けるように目を閉じた。

双子の甥には、つい先日、今回の事件のあらましを話した。花祭りのころからの異変を察していた二人は、フレデリックの話を静かに聞いていた。

「ライアン……こわかったね……」

「こわすぎるよね……」

ジェイとキースはライアンの身に起きたことを思い、茶色い瞳に涙を浮かべた。

「だからライアンはひとりで眠るのが怖くて、おまえたちといっしょに寝ている。ジェイとキースには、近いうちにそれぞれの部屋を与えようと考えていたのだが、そういうことでしばらく先になりそうだ」

「ぼく、ライアンといっしょにねるのはいやじゃないよ。たのしいの」

「ぼくもたのしいよ。だからずっといっしょでもいいよ」

ね、と二人は顔を見合わせる。

「ライアンが寂しそうにしていたら、気遣ってやってくれ」

「「うん、わかった」」

声を揃えて返事をした二人が、なんだか頼もしい。その顔つきが、もう幼児ではなくなったように見えた。やんちゃだった双子は、もうずいぶんと成長したと思う。

その双子の片割れが、バイオリンを上手に弾くようになっている。

もともとライアンが教養のひとつとしてバイオリンを習っていたのだが、キースがそれに興味を示した。ためしにライアンを教えている音楽教師にキースの手解きも頼んでみたら、驚いたことに、キースは最初から音を出すことができたのだ。どうやらキースには音楽の才能があるらしい。

一方、ジェイは絵を描くことが大好きだ。最近は放っておくと一日中でもパステルで紙になにかを描いていると聞いた。紙をはじめ画材は高価だが、甥の才能を伸ばすためなら多少の散財は許されるだろう。

さいわいにも現領主の妻が質素なので、一家の生活費は過去に類を見ないほど抑えられている。フレデリックは甥たちの音感と情緒を養うために、王都から定期的に名のある音楽家を呼ぶことを決めたし、城下街の画材屋にはどんどん紙や筆、絵の具を売りこみに来てほしいと伝えた。

キースが奏でるバイオリンの音色に、波立っていた心が凪いでいく。

「そうだ、フレデリック、提案があるんですけど」

ティーカップを置き、フィンレイが黒い瞳をキラキラさせながら言い出した。

「なにかな?」

「いい季節になってきましたし、こんどのお休みの日に、ちょっとみんなで郊外へ遊びに行きませんか」

「それは素晴らしい提案だ」

「でしょう?」

フィンレイが楽しそうにふふふと笑う。昨年の夏も家族五人で馬車に乗り、郊外へ出かけた。厨房に頼んでバスケットにたくさんサンドイッチを詰めてもらい、それを野原で食べた。もっと暑くなってからは、河原で水遊びもした。

今年もたくさん遊ぼうというフィンレイに、フレデリックは頷く。

子供はどんどん成長していくのだ。今年か来年にはライアンが王都へ旅立ち、ジェイとキースもやがてそれぞれの道へ進むだろう。五人で過ごせる時間は、たぶんそう多くない。子供たちとの思い出をたくさんつくったあとは、フィンレイとの穏やかな日々が待っている。それもまた楽しみだと、フレデリックはごく自然に思った。

そっと手を伸ばし、フレデリックはフィンレイの手を握った。優しい笑顔がまっすぐ向けられる。

「愛しているよ」

「私も愛しています」

「あなたと結婚できて、本当によかった」

「私もです」

しばらく見つめ合って、我慢できずにフレデリックは腰を浮かした。顔を近づけるとフィンレイは目を閉じる。そっとくちづけて、間近でまた見つめ合う。

黒い瞳にはフレデリックしかうつっていない。フレデリックの碧い瞳には、フィンレイしかうつっていないだろう。

座りなおして、またお茶を飲む。バイオリンの音が流れる穏やかな午後を、フレデリックは愛する妻とともに過ごし、幸せをしみじみと味わったのだった。

おわり

末っ子王子の甘くない学院生活

「殿下、ヒューバート殿下」

名前を呼ばれ、ヒューバートはハッと顔を上げた。目の前には渋い表情をした壮年の教師が立っている。

「私の話を聞いていましたか？　まさか居眠りをしていたのではないでしょうね」

「まさか。寝ていません」

本当に寝ていない。ただ考えごとをしていて授業を聞いていなかっただけだ。

「先生、殿下は起きていましたよ。けれど心ここにあらずといった様子でした」

隣に座るクレイグという名の生徒がニヤニヤしながら片手をあげて、そんなことを言う。

教室にはヒューバートのほかに十人の生徒がいる。すべて貴族か王族で、男子のみ。女子の教室は別の棟に分けられていた。十人のうち半数はクレイグ同様にヒューバートを嘲笑するような表情をしていて、あとの半数はそっと視線を逸らしている。

「今日の午後に、殿下の筆頭学友が一年遅れの入学前の挨拶に来る予定ですから、気になってしかたがないんですよね？」

クレイグの言う通りだ。しかし筆頭学友とはなんだ。父王がヒューバートの学友にと決めた同期入学をした生徒たちにそんな序列は作っていない。

けれどそれで通じたのか、教師は「そういえば」と頷いた。

「ディンズデール家のご子息がいよいよ入学するのですか。それは楽しみですね、殿下」

他意なく教師はにっこり微笑んだ。そこにからかいの色はなかったので、ヒューバートは素直に頷く。雑談を挟んだせいで生徒たちの集中力が切れ、ちょうど時間だったために教師は講義を切り上げた。

「ディンズデール家も気の毒だよな。とんだ貧乏くじだ」

教師がいなくなったとたんに、クレイグがわざとヒューバートに聞こえるような声量で陰険なことを言った。

「せっかくアーネスト王太子殿下の後ろ盾になれたのに、大切な後継者を末っ子王子に差し出さなくちゃならなくなって」

「ディンズデール家だけじゃないだろ。俺たちだって、年齢が近いってだけでこのクラスに入れられたんだから」

同調する生徒のため息までしっかりと聞こえている。ヒューバートは悔しくて腹が立ったが、ぐっと我慢した。いつものことだ。慣れていかなければならない。ここで怒って言い返したり泣いたりしたら、次期王太子の資格などないという烙印を押されてしまう。

ヒューバートはこのフォルド王国の十三番目の王子として生まれた。

母親フレデリカは、国王の七番目の愛妾だ。父親である国王はたくさんの愛妾を持ち、子供は男女合計二十三人も授かったが、四十代後半で授かったヒューバートを、父王はことのほか可愛がってくれた。

茶髪茶瞳という平凡な容姿で、ヒューバートに特筆すべき才能はなかったが、父親にも母親にも愛されて幸せな少年時代をすごした。

それが一変したのは一昨年末のことだ。当時の王太子アンドレアが落馬事故で亡くなり、その息子アーネストが新王太子となった。アーネストはそのとき十七歳。成人したばかりで独身、婚約者もいなかった。驚いたのは、アーネストが「生涯独身」を宣言したことだ。どうやら意中の人がいて、その相手とはなにか理由があって結婚できないらしい――という母親と侍女のひそひそ話を小耳に挟んだ。

アーネストはヒューバートの甥にあたるが七歳も年上で、顔は知っているがほとんど話をしたこともないくらい遠い関係だった。変わった人だな、くらいの感想しか抱かなかった。しかしその宣言が、ヒューバートに影響した。アーネストに子がいなければ、その次の王太子はヒューバートになると目されたからだ。国王の息子たちのなかで、継承権を持ち、かつ存命で王国内に住み、問題なく過ごしているのはヒューバートだけだった。

ただ愛玩されるだけの末っ子から、一気に次期王太子最有力候補にされてしまった。

ヒューバートの環境は激変した。急に家庭教師が増え、求められるものの水準が上がった。母親と暮らしていた静かな離宮には、いまのうちに繋がりを深くしておこうと考える貴族たちの訪問が増えた。みんながヒューバートに媚を売る作り笑顔を向けてくる。あからさまな態度の変化が、とても気持ち悪かった。

王立学院への入学は予定どおりだったが、父親によってすでに学友が選ばれていた。彼らは家柄と年齢だけで選抜されており、冷ややかな目をヒューバートに向けてきた。ヒューバートの「次期王太子最有力候補」という立場は非常に微妙だったからだ。

独身を貫くと宣言したアーネストは、まだ十代。いつ気が変わって結婚するか、子供を持つかわからない。アーネストに男児ができれば、次期王太子候補はそちらになる。王の長子に王位が継承されるのが、この国の決まりだからだ。

学友たちは、最初からヒューバートと仲良くしようとは思っていなかった。楽しみにしていた王立学院での学生生活は、寂しくて辛いはじまりとなった。

心ない言葉に傷つき、離宮に帰ってから母親に訴えたこともある。母親は悲しそうな顔をして、「我慢しなさい。仕方のないことです」と慰めてくれた。

ヒューバートは自分から望んで次期王太子候補になったわけではない。それなのに、この仕打ち。不幸な事故だったとわかっていても、前王太子アンドレアを恨みたくなってしまう。

その中で、一縷の望みとしていたのが、ライアン・ディンズデールの入学だった。

品行方正なディンズデール家は昔から王家のお気に入りで、幼いときからヒューバートは父親にそうした話をたくさん聞かされてきた。ディンズデール家は豊かな土地を堅実にまとめ、驕ることなく王家に忠誠を誓い、代々の領主は真面目で派手を好まない。ヒューバートの異母兄フィンレイが嫁いだが、とても仲良くやっているらしい。

現領主のフレデリックには国の式典でなんどか会ったことがある。すらりと背が高く、金髪碧眼の凛々しい男性だった。その甥が後継者のライアンだ。ライアンには会ったことはないが、きっとフレデリックのように浮ついたところがない、誠実な少年だろう。作り笑顔で媚びてくるようなことはせず、かといって嘲笑することもなく、ヒューバートの隣にいてくれるにちがいない。

しかしライアンは九月になっても、なかなか入学してこない。じりじりしていたら、王都に来るのは一年先になると聞いた。異母兄ディミトリアスがディンズデール地方領でなにか問題を起こし、その関係で一年延期になったらしい。とても、とても残念だった。

そのライアンがやっと入学してくるのだ。

「ヒューバート殿下、学院長がお呼びです」

昼休みの終わりごろ、学院の職員が教室までヒューバートを呼びに来た。いよいよライアンに会えるのかと、わくわくしながら学院長室まで行った。

「はじめまして、ヒューバート殿下。ライアン・ディンズデールです」

初対面のライアンは、とても一歳年下とは思えないほど体格がいい少年だった。フレデリックによく似た金髪碧眼で、ヒューバートよりも背が高く、肩幅もしっかりと広くて手足が長い。落ち着いた雰囲気があり、幼いころから次期領主として教育されてきたからか、すでに威厳が感じられた。

想像どおり媚びるような変な笑顔はない。けれどヒューバートに会えて嬉しい、待ちに待った留学生活が楽しみ、といった空気もなかった。その碧い瞳は森の中の静かな湖のように凪いでいた。

「わが学院は、王国の建国より長年――」

学院長の自慢話が延々と続く中、ヒューバートはじっとライアンを観察した。学院長の話は猛烈につまらないのに、ライアンは真面目な顔でちゃんと聞いている。ときどき質問を挟んだりしているので、聞いたふりをしているのではないとわかった。学院長はどんどん調子に乗って、舌が滑らかになった。

こういうところが王室に気に入られる点なのかもしれない、とヒューバートは感心する。けれど面白くない長話はもう終わりにしたい。ヒューバートは早くライアンと二人きりになって、話をしたかった。

やっと学院長から解放されたのは、一刻後だった。午後の授業はとうにはじまっている。けれど急いで教室に戻る気にはなれなくて、ヒューバートはライアンを校舎の出入り口まで送っていった。門の外にはディンズデール家の馬車が待っているらしい。

「授業は明日からなのか？」

「そう聞いています」

「わからないことがあったら、僕になんでも聞いてくれ」

ヒューバートがにこにこ笑顔でそう言うと、ライアンはちらりと見下ろしてきて、口元だけで少し笑った。その笑顔にドキッとする。なんだか大人の笑い方だった。馬鹿にした感じはなかったので腹は立たない。

「殿下のその髪と瞳が――」

「なに？」

「いえ、なんでもありません」

ライアンは口元をそっと片手で隠した。笑みのかたちになってしまう唇を、指で押さえているように見える。そんなふうにしなくても、笑顔を見せてくれればいいのに。

ヒューバートはライアンの全開の笑顔を見たいと思った。

離れがたかったので、ヒューバートは門のところまで送っていくことにした。門の外にはディンズデール家の紋章がついた馬車が待っていて、御者台に男がひとり昼寝をしていた。彼はヒューバートを見るなり、慌てたように起き上がった。

「じゃあ、ライアン。また明日」

「明日からよろしくお願いします」

ヒューバートが気安く手を振ると、ライアンは頭を下げたあと馬車に乗りこむ。去って行く馬車を、ヒューバートは見えなくなるまで見送った。

翌日からクラスにライアンがくわわった。ライアンはその年齢にそぐわない落ち着きと優秀さで、あっという間に人気者になった。

ヒューバートたちは一年前に入学して学習してきており、途中から入ってきたライアンが授業についていけるのかと危惧していたのだが、まったくの杞憂だった。ライアンは一年分の勉強を、領地でしっかり修めていたのだ。

ライアンはだれに対しても公平な態度で接した。生徒たちの爵位がたとえ上だろうと下だろうと、おなじクラスで学ぶ生徒として対峙するのだ。下級中級貴族の生徒たちはライアンを崇拝しだし、いつも威張っていたクレイグの方が孤立しはじめた。

クレイグは侯爵家の二男だ。特別扱いが当然で、怖い物なし。王子であるヒューバートにも平気でいじわるをする。けれどその態度が同年代の生徒たちには格好よく見えていたのだろう、一定数の取り巻きがいた。それがライアンに奪われたかたちになっている。

ほかの上級貴族の生徒たちは、時流に乗ってライアンにつくべきかクレイグにつくべきか、様子を見ている感じだった。ヒューバートはいい気味だと思った。

「ライアン、こんどの休みの日、僕が住んでいる離宮に遊びに来ないか？　母上に紹介したい」

「私が殿下の離宮に？　いいのでしょうか」

他の生徒なら飛び上がって喜ぶところなのに、ライアンは冷静に「家の者に聞いてみます」と返事をする。

ライアンはヒューバートに愛想笑いなどしない。なにも求めない。けれど静かに横にいてくれる。ディンズデール家の者ならばきっとこうだろうと想像していたとおりの少年だった。ヒューバートはライアンが横にいてくれると気持ちが落ち着き、孤独ではなくなったことに満足していた。

だからといって成績が上がるわけではなく、その方面では苦労している。ときどき学院の自習室で、ライアンに勉強を教えてもらったりした。人気者のライアンを独占している優越感にひたりながら自習室にいる時間は楽しかった。

窓に向かって置かれた机に並んで座り、数学の教科書を広げる。ライアンの真剣な横顔はとてもきれいで、ヒューバートはついぼうっと見惚れてしまった。窓から差しこむ秋の陽光が、金髪にきらきらと反射している。すっと通った鼻筋と、上品な厚みの唇。美男だな、とつくづく思う。いくら見ていても飽きない。

こんなふうに二人きりになってもまったく気詰まりではないのが嬉しい。できればもっと砕けた感じで親友と呼べるような関係になりたいと思っている。

けれどライアンの周囲には、見えない壁のようなものが張り巡らされているような気がした。親しくしてくれるし、雑談にも応じてくれるし、微笑だって見せてくれる。

しかし、もう一歩、中に入れてくれないなにかがあるのだ。それを見つけて打破できれば、親友になれるだろうか。

「殿下、勉強しないのならもう帰りますか」

ちらりと視線をよこしてきたライアンにそう言われ、慌てて「まだ帰らない」と教科書に向き直る。なんとか集中して数字と格闘していると、不意にライアンが「そういえば」と口を開いた。

「このあいだ離宮へ誘っていただいた件ですが、時期尚早ではないかと判断しました」

「え？　どういうこと？」

「殿下と知り合ってから、まだ一カ月ほどしかたっていません。それほど親しくさせてもらっているわけではないのに、いきなり離宮を訪問するのはいかがなものかと、家の者と話し合いました」

「……意味がわからないんだけど」

呆然と呟いたヒューバートに、ライアンは困ったような表情をした。

「殿下は王族ですから」

「……ここではただの生徒のひとりだ。僕たち、もうじゅうぶん親しくしているよね」

「ですが、学院から出たら、殿下は王族のひとりです」

つまり、ライアンは学院の外ではヒューバートと対等に接することはできないのか。

「時期尚早って……、じゃあ適切な時期はいったいいつ？」

「私にはわかりません。家の者に聞いてきます」

その返事に、ヒューバートはカッとなった。数学の教科書で思いきり机を叩く。大きな音がして、ライアンがびくりと肩を震わせた。

「家の者、家の者って、なんだよそれ。自分で判断しろよ。他のことなら即断即決なのに、どうして学院の外のことには慎重になるんだ!」

怒鳴りながら、どうしてライアンが外の行動に気遣うのか、わかっていた。たしかにヒューバートは王族だし、アーネストに子供ができなければ次期王太子の最有力候補のままだ。ディンズデール家の後継者であるライアンが、そんなヒューバートに対して、学院内ならまだしも外で軽々しい言動をしないように慎重になっていることくらい、頭では理解している。ヒューバートが知り合って間もない学友を自宅に招き、国王の愛妾に紹介するのは大変な特別扱いになってしまうのだろう。

けれどヒューバートはライアンのことが大好きになっていた。大好きなライアンを母親に会わせたかっただけなのだ。拒んでほしくなかった。

「殿下、大きな声を出さないでください……」

ライアンが眉間に皺を寄せ、俯いてそんなことを言うので、ヒューバートはさらに頭に血が上った。

「ああそうだな、こんな大声を出したら外に響く。通りかかった人間に聞かれるかもな。

僕を怒らせたと知られるのが怖いのか。おまえはそんなこと気にしない図太い奴だと思っていた。とんだ小心者だ。見損なったぞ！」

ヒューバートは言い捨てて自習室を飛び出した。扉の前にいた人間にぶつかりそうになる。クレイグだった。びっくりした顔でヒューバートを見ている。

「珍しいな。ライアンとケンカか？」

「知るか」

ヒューバートは早足で廊下を抜け、校舎を出た。王家の紋章がついた馬車では、顔見知りの御者がのんびり煙草をふかしていた。ヒューバートを見て慌てて煙草を消している。

「殿下、もうお勉強は終わったのですか」

「終わった。帰る」

さっさと馬車に乗りこみ、窓からちらりと校舎を見遣る。ライアンは追いかけてきてくれなかった。あんな捨てゼリフを残したのだから、当然かもしれない。

走り出した馬車の中で、ヒューバートはだんだん不安になってきた。彼とケンカしたのははじめてだ。ライアンに嫌われたらどうしよう。いますぐ戻って謝った方がいいだろうか。いやでも、自分は悪くない。もしかして悪いところはあった、かもしれないが、ライアンだって悪かった。

悶々としたまま離宮に帰ったヒューバートは、夕食を残して侍従に心配された。

そろそろ就寝のしたくをする時間にさしかかったころだった。離宮にディンズデール家の執事が訪ねて来たと、侍従がヒューバートに知らせた。こんな時間に予告もなく執事が離宮を訪ねるなんて、常識ではありえない。

「その執事が言うには、ライアン殿がまだ帰宅していないと……」

「えっ？」

ヒューバートは驚いて玄関へ急いだ。玄関ホールにぽつんと立っている男は、ギルバートと名乗った。深々とヒューバートに頭を下げ、青い顔でライアンの居場所を知らないかと聞いてくる。送迎用のディンズデール家の馬車をライアンは使っていないという。

「今日は授業のあと、自習室で一緒に勉強していた。けれど先に僕がひとりで帰ってきて、そのあとのことは知らない」

そう答えることしかできない。あのときライアンはヒューバートを追いかけてきてくれなかったが、すぐに彼も帰ったと思っていた。ディンズデール家の後継者が王都で行方不明になっているとしたら、大変な事件だ。

「ライアン様がどこかに寄り道するとか、だれかに会うとか、そうした話はしていませんでしたか？」

「寄り道……だれかに会う……そんなことは言っていなかったけど……」

ライアンとの会話をいろいろと思い出してみるけれど、わからない。

そういえば、自習室を出たところでクレイグに会った。ライアンとケンカしたことを気づかれていたけれど、構わずに帰ってきたのだ。クレイグはあのとき、どんな様子だっただろうか。笑っていなかったか？　ヒューバートとライアンが仲違いをして、面白そうな顔つきになっていなかったか？

「もしかして、クレイグがライアンになにかしたのかも――」

「クレイグとはだれですか」

侯爵家の二男だと答えた。ギルバートは「ありがとうございました。夜分に申し訳ありませんでした」とまた深々と頭を下げ、去って行った。

ヒューバートは呆然と立ち尽くすことしかできない。その夜は、ライアンが心配で眠れなかった。

翌朝、ヒューバートは昨夜の顛末を侍従から聞いた。

ライアンは学院内で見つかったらしい。

ギルバートは離宮を辞した足でクレイグを訪ね、侯爵家を敵に回すほどの勢いでライアンの居場所を問い質したという。クレイグはライアンを学院の地下室に閉じこめたと白状した。

ヒューバートとライアンがケンカしたのを偶然に知り、「殿下が謝りたいと言っている」とライアンを自習室から連れ出し、いままでの腹いせに、地下室に閉じこめたのだ。

助け出されたライアンにケガはなかったと聞き、ヒューバートはホッとした。

夜中に事件を知らされた学院長は、即座にクレイグを放校処分に決めたという。いい気味だとは思えなかった。クレイグがしたことは許せないが、それほどまでに孤立感を深めていたのだ。クレイグがこんなことをしでかす前に、話しかけていればよかったのではないかと思った。

その後、ライアンは学院を何日も休んだ。一週間が過ぎても登校してこないライアンが気がかりで、本当はケガをしていたのではないか、ヒューバートに腹を立てて顔も見たくないと嫌われたのではないかと、ぐるぐると悩んだ。

「母上、ライアンのお見舞いに行きたいと思います。なにを持参すれば喜ぶでしょうか」

会いたくてたまらなくなり、ある休日、ライアンは母親に相談した。お茶を飲んでいたフレデリカは、すこし躊躇ったあと、手にしていた白い茶器を皿に戻した。そして、ヒューバートが知らなかった、一昨年の事件の詳細を話してくれた。

異母兄のディミトリアスが逆恨みして、ディンズデール地方領で事件を起こしたことは聞いていた。それでライアンの留学が遅れたのだ。けれど詳しい話はだれも話してくれなかった。ヒューバートがまだ子供だったからだ。

母親から聞いた話は衝撃的だった。

ライアンはディミトリアスが雇ったならず者たちに誘拐され、七日間も監禁されて暴行を受けていたという。心に負った傷を癒すのに一年を要したこと、今回も数刻とはいえ地下室に閉じこめられたことで精神に負荷がかかり、しばらく学院を休んで療養するだろうと聞き、ヒューバートは涙が止まらなくなった。

「母上、僕、いますぐライアンに会いに行きたいです。ケンカしたんです。僕がぜんぶ悪い。ライアンに謝りたいです。ライアンはなにも悪くない。僕、ライアンを抱きしめてあげたいです」

泣いているヒューバートを、母親は優しく抱きしめてくれた。

その後、ヒューバートの侍従がディンズデール家に連絡を入れ、見舞いの段取りをしてくれた。きちんと事前に日時を決めて、ヒューバートはライアンに会いに行った。

王都のディンズデール邸には、あの夜、ライアンの行方を尋ねに来たギルバートがいた。

「殿下、その節はありがとうございました」

「僕はなにもしていない」

謙遜ではなく、本当になにもしていない。なにもできなくて申し訳なかったとすら思っているのだから。

ギルバートに案内してもらい、ライアンの部屋に行く。ライアンはゆったりとしたシャツとズボンを身につけ、ヒューバートに微笑みかけてくれた。顔色は悪くなく、元気そうだった。

「ライアン、これ母上と僕からの見舞い」

離宮の庭に咲いていた秋の花を切ってきた。花束を受け取ったライアンは静かに「ありがとう」と言った。天気がいいからとテラスにお茶の用意がされていた。メイドではなくギルバートがお茶を淹れてくれる。彼が下がっていくと、二人きりになった。

会ったらすぐに謝ろうと決意していたのに、なかなか切り出せない。もじもじしているうちに、ライアンの方が話し出した。

「いつ登校できるか、まだわからないのです。殿下の学友に選んでいただいたのに、申し訳ありません」

「そんなの、いつでもいいんだ。ライアンがもう大丈夫だと思える日まで、ゆっくり療養すればいいいと思う。もちろん、君が来てくれた方が僕は楽しいけれど」

えへへ、と照れ笑いしたあと、思い切って謝罪した。

「あのときはごめん。ライアンはなにも悪くないのに、僕は勝手に怒って怒鳴ったりして、申し訳なかった」

「いえ、こちらこそ、もっとちがった言い方があったのではと反省しています」

「あの、まちがっていたら、ごめん。もしかして、ライアンは大声を出されるのは苦手？」

あのとき、怒鳴ったヒューバートにライアンは大声を出さないでと言った。一昨年の事件の詳細を聞いたあと、ライアンは閉じこめられることだけでなく大声も最悪な記憶をよみがえらせるきっかけになっていやなのでは、と思いついたのだ。

ライアンは小さく頷き、「そうです」と肯定した。その様子があまりにも辛そうで、ヒューバートは思わず涙ぐんだ。手を伸ばし、ライアンの手を握りしめる。

「ごめんね、ごめん。僕、知らなかったんだ。なにも、知らなくて、ごめん」

「殿下、泣いているのですか」

目を丸くしたライアンの顔なんてはじめて見た。もっと色々なライアンを知りたいし、見たい。もっとライアンの近くにいたい。

「ライアン、ライアンライアン」

「はい、私はここにいます」

「うん、僕もここにいる。ここにいるよ」

ライアンが嫌がらないので、ヒューバートはずっと彼の手を握り続けた。心の中で何度も何度も名前を呼びながら。

「殿下、髪に触れてもいいですか。じつは、可愛がっている双子の従弟にそっくりなのです。髪の色と巻き加減が」

「そんなのいくらでも触っていいよ。ほらどうぞ」

「ありがとうございます」

差し出した頭を、ライアンがふわふわと触る。従弟の代わりでもいい。こんなことで癒されてくれるなら、好きなだけ触ってくれていい。

そのうち髪をもしゃもしゃと触られることが気持ちよくなってきた。

ギルバートがお茶のお代わりを運んできて、「どうなさったのですか」と声をかけてくるまで、ヒューバートはライアンに頭を差し出し続けていたのだった。

おわり

■あとがき■

こんにちは、またははじめまして、名倉和希です。このたびは拙作「初恋王子の波乱だらけの結婚生活」を手に取ってくださって、ありがとうございます。

なんと、「初恋王子」の物語三作目でございます。これもすべて読者のみなさまのおかげです。ありがとうございます。

今回、ディンズデール地方領に大変な災難がふりかかります。フィンレイの異母兄である第三王子、クズ過ぎだよ。教育はどうなっていたの？　責任者はだれ？　と文句を言いたくなってしまいます。けれどフレデリックとフィンレイは領民たちと力を合わせて、問題に立ち向かいました。デリックがまた活躍してしまったので、フレデリックはちょっとジェラシー感じていましたが、なんとか事件は解決しました。ふぅ、やれやれ。

けれどライアンがかわいそうな目にあい、心に傷を負いました。双子の従弟に癒される気持ち、わかりますー。純真無垢な動物に、人は安らぎを感じるものです。話の中で、いつのまにかジェイとキースはセラピーアニマルみたいな存在になりました。

そして今回、フレデリックのあらたな性癖が…！　私が書く攻めは、どうしてこう変な性癖に目覚めるのでしょうか。毎晩ではないと思いますが、フィンレイは求められたら

「仕方がないなあ」と言いながら、セクシーランジェリーを身につけてベッドに上がるのでしょう。頑張れ、フィンレイ！
　後日談として、一年後のライアンの様子を書きました。こんな感じで末っ子王子と出会い、心を通わせていくことになるでしょう。この二人が親友になるのか、それとももっと深い関係になるのかは、まだわかりません。

　今回のイラストは街子マドカ先生に描いていただきました。シリーズ途中の依頼を快く引き受けてくださって、ありがとうございました。先生とのお仕事は二度目ですね。街子先生の絵が大好きなので、感謝感激です。

　この本が世に出るころ、信州は桜の季節でしょうか。私は花粉症を発症していないので気楽なものですが、春が苦難の季節になっている人たちが一定数存在していることは、もちろん知っています。陰ながら応援します。花粉に負けるな。薬に頼って頑張れ！
　それでは、ここまでお付き合いくださり、ありがとうございました。
　またどこかでお会いしましょう。

名倉和希

初出
「初恋王子の波乱だらけの結婚生活」書き下ろし
「末っ子王子の甘くない学院生活」書き下ろし

この本を読んでのご意見、ご感想をお寄せ下さい。
作者への手紙もお待ちしております。

ショコラ公式サイト内のWEBアンケートからも
お送りいただけます。
http://www.chocolat-novels.com/wp_book/bunkoenq/

初恋王子の波乱だらけの結婚生活

2023年5月31日　第1刷

著　者:名倉和希
発行者:林 高弘
発行所:株式会社　心交社
〒171-0014　東京都豊島区池袋2-41-6
第一シャンボールビル 7階
(編集)03-3980-6337 (営業)03-3959-6169
http://www.chocolat_novels.com/
印刷所:図書印刷 株式会社